Confesiones de grandeza ⟶

DeSASTRe & TOTAL

Mundo de zumbados

DeSASTRE & TOTAL

Mundo de zumbados

STEPHAN PASTIS

Traducción de Isabel Llasat

RBA

Esta es una obra de ficción.
Los nombres, personajes, lugares y eventos son producto
de la imaginación del autor o, si son reales,
están usados de manera ficticia.

Título original: *Sanitized for your protection.*
Autor: Stephan Pastis.

© del texto: Stephan Pastis, 2015.
© de la fuente Timmy Failure: Stephan Pastis, 2012.
© de la traducción: Isabel Llasat Botija, 2017.
© de esta edición: RBA Libros, S.A., 2017.
Avda. Diagonal, 189 - 08018 Barcelona.
rbalibros.com

Primera edición: mayo de 2017.

REF.: MONL344
ISBN: 978-84-272-0988-6
DEPÓSITO LEGAL: B 7.819-2017

Un prólogo impactante que, si todo va bien, hará que quieras leer el resto de este libro

Mal van las cosas cuando no podemos distinguir a los buenos de los malos.

Pero díselo a los fotógrafos que rodean la entrada del hotel.

Y díselo a la multitud que está ahí a ver si ve algo.

Y díselo a la policía que intenta en vano abrir paso.

Abrir paso al malo.

Quien exactamente a las 19:07 horas sale escoltado por la puerta giratoria de cristal del hotel bajo una lluvia de flashes.

Que le dejan un rastro de luz brillante en los ojos.

Que no le deja distinguir los rostros de la creciente muchedumbre.

Mientras un poli da un empujón a un fotógrafo. Y alguien grita. Y una mujer se desmaya.

Y la policía empuja al malo a través del gentío.

Lo lleva esposado.

Y tieso como un palo.

El mundo está bien zumbado.

Y el que era bueno ahora es malo.

CAPÍTULO
1
Que empiece la fiesta

Es una fiesta con muchos fuegos artificiales. De los mejores.

—Haz el favor de sentarte bien, Timmy —ordena mi madre.

—¡Pero quiero mirar!

—No hay nada que mirar —dice.

Pero, mientras lo dice, otro bicho enorme explota contra el parabrisas de nuestro coche.

—¡Halaa! ¡Ese era grande! —grito—. ¡Y muy colorido!

—Timmy, tenemos muchísimos kilómetros por delante —dice mi madre—. Haz el favor de sentarte bien o paro el coche.

Me siento bien. Pero mi oso polar me pega en el brazo.

—¡Ay! —grito.

—¿Ahora qué? —pregunta mi madre.

—Mi oso polar me ha pegado.

Es verdad. Lo hace cada vez que ve un Volkswagen.

—Ya está —dice mi madre, que en cuestión de segundos entra con el coche alquilado en el aparcamiento del motel DS-Kansakí.

—Aquí no podemos parar —le digo a mi madre—. ¡Estamos en mitad de la nada!

Pero no contesta. Baja del coche y le dice algo a Dave el Portero, que ha aparcado su auto junto al nuestro.

Dave el Portero es el novio de mi madre. Se llama Dave el Portero porque antes era el portero de nuestro edificio. Pero le ha salido un trabajo muy lejos, y ahora estamos dedicando mi preciosa semana de vacaciones a ayudarle con la mudanza.

Y eso es trágico sobremanera.

Trágico porque llevo kilómetros y kilómetros viendo solo campos de maíz por la ventanilla.

¡ANDA, MIRA... MÁS MAÍZ!

Trágico porque encima todo el tiempo ha estado sonando el cantante de country favorito de mi madre, Buddy Farra.

¿DEJARÁ DE CANTAR ALGÚN DÍA SOBRE SU CAMIONETA?

Y trágico por el efecto que está teniendo en un niño que vive en la otra punta del mundo. Un niño llamado Yergi Plimkin.

YERGI PLIMKIN

(TRANQUIS, LO EXPLICO LUEGO.)

CAPÍTULO 2

Os presento a Yergi Plimkin

Yergi Ismavitch Plimkin es de un lugar que no está aquí.

Y no tiene libros.

Eso lo descubrió mi compañera de clase pacifista y salvadora del planeta Toody Tululu cuando vio la ancha cara de Yergi en un anuncio del periódico.

TOODY TULULU ↓

ANUNCIO DE PERIÓDICO ↘

LA FAMILIA DE YERGI PLIMKIN NO TIENE LIBROS PARA QUE LEA...

¿PUEDES AYUDARLE?

Por eso Toody creó una organización benéfica llamada «Yergi Ismavitch Plimkin, Yo Ayudarte Puedo». El nombre era rebuscado, pero las iniciales eran potentes:

YIP YAP organizó ventas de pasteles, lavados de coches y carreras de bicicleta hasta que recaudó suficiente dinero para comprarle libros al pobre Yergi Plimkin.

En concreto recaudó:

—Cero dólares y veinte centavos —leyó el vicepresidente de YIP YAP, Nunzio Benedici.

—¿Qué? —exclamó muy sorprendida Toody Tululu en la reunión mensual de YIP YAP—. Proceda a leerlo otra vez, señora vicepresidenta.

—Soy un chico —contestó Nunzio—. No puedo ser una señora.

—Es igual, tú léelo otra vez.

Y Nunzio volvió a leer la misma cantidad.

—No puede ser —dijo Toody Tululu—. Teníamos ciento veinte dólares en la última reunión y no hemos gastado ni un centavo.

—Pues no sé qué decirte —dijo Nunzio mirando el libro de contabilidad—. Aquí no está.

Entonces Toody la pacifista pronunció una breve, aunque contundente, declaración.

¡¡¡¡ALGUIEN MORIRÁ POR ESTO!!!!

CAPÍTULO
3
La historia intimmynable

Cuando todo el dinero
te haya robado un ladrón,
llama a Timmy De Sastre
y no a Timmy Fanfarrón.

Canción publicitaria de De Sastre & Total[1]

Hasta donde yo sé, todos los habitantes del planeta han leído ya los tres libros anteriores sobre mi vida.

---

1. Sí, ya sé que no existe nadie que se llame Timmy Fanfarrón. Pero rimaba muy bien con «ladrón». Además, soy detective, no poeta.

Pero, si por casualidad has pasado los últimos años viviendo debajo de una piedra:

O en el fondo del mar:

O dentro de la historia interminable:

NO SÉ
MUY BIEN
CÓMO
PINTAR
ESTO

Pues entonces te pongo en antecedentes.

Me llamo De Sastre, Timmy De Sastre.

YO

BUFANDA
INSEPARABLE

Soy el fundador, presidente y también consejero delegado de la mejor agencia de detectives de la ciudad, y probablemente del estado. Puede que hasta de toda la nación.

El nombre de la agencia era antes De Sastre & Total, S.A. Lo de «Total» era por mi socio, Total.

TOTAL, MI SOCIO

Pero lo despedí.

Y ahora se pasa el día tumbado en la cama comiendo bombones.

La forma en la que ese oso ha abusado de nuestra relación profesional es tan increíble como embarazoso resulta contarla.

Así que no la pienso contar ahora.

Además, prefiero volver al principio.

Resumiendo al máximo y para que podamos seguir adelante, esto es lo que tienes que saber:

1. Yo Timmy.

2. Timmy grandeza.

3. Oso gordo.

Pues con eso ya claro, entenderás ahora por qué cuando alguien sin yin ni yang entró a pispar[2] en YIP YAP llamaron al único hombre que podía ayudarlos.

Y no era Timmy Fanfarrón.

GRANDEZA

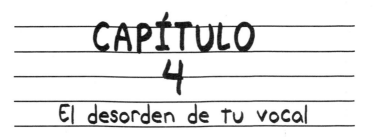

CAPÍTULO 4

El desorden de tu vocal

—Empieza por el principio —le digo a mi mejor amigo, Rollo Tookus.

Rollo Tookus

estánfor

—Han robado en YIP YAP —dice Rollo.

—Eso ya lo sé, Rollo. Pero ¿tú qué pintas en todo eso?

—Soy el vocal de orden. Dicen que yo tengo que averiguar qué pasó.

—¿Vocal de orden? ¿Y eso qué es?

—No lo sé.

—¿Para ordenar el alfabeto?

—No creo.

—¿Para dar órdenes a las consonantes?

—No.

—Pues ¿qué es? —pregunto.

—¡Que no lo sé! —contesta Rollo—. Pero era el único cargo electo que quedaba libre en YIP YAP. Y tener un cargo electo queda muy bien en las solicitudes universitarias. Igual que estar en la banda de música, participar en los concursos de dialéctica, organizar actos benéficos...

Empieza a agitársele la cabeza.

Le pasa siempre que sale el tema de las notas, la universidad o su futuro.

Así que hago lo que solo un amigo puede hacer.

—¿Por qué has hecho eso? —pregunta Rollo.

—Ibas por mal camino. Te he salvado.

Rollo lanza la pelota contra mí. Me da en todo el cráneo.

—¡Dios mío! —exclamo mientras caigo contra el suelo—. Tengo conmoción cerebral, llamad a una ambulancia.

Pero Rollo no llama a ninguna ambulancia. Así que hacemos lo que solamente los buenos amigos pueden hacer.

Pasamos los cinco minutos siguientes pegándonos con la pelota de tetherball.

—Menuda manera de aprovechar el tiempo —digo.

—Has empezado tú —contesta.

—Sí, porque te hacía falta.

—Y has atacado al vocal de orden —añade

Rollo mientras comprueba si ha reventado los pantalones de pana.

Se levanta y se va.

—¡Tengo más preguntas! —le grito.

—¡Después! —contesta girando la cabeza—.
Algunos tenemos que estudiar para el examen de historia.

—¿Qué examen de historia? —pregunto.

CAPÍTULO 5

Con la historia hemos topado

Nombre: Timmy De Sastre

Examen de historia
Grandes exploradores

1) ¿Quién era Meriwether Lewis?
No lo sé, pero me cuesta creer que haya padres que le puedan poner a su hijo Meriwether.

2) ¿Quién era William Clark?
Probablemente alguien que se burlaba de Meriwether.

3) ¿Por qué Meriwether se encaminó hacia el oeste?
Para huir de William.

—Creo que lo he bordado —susurro a Rollo.

—Calla —contesta—. Aún no he terminado.

—Cuéntame más sobre YIP YAP. ¿Quién más hay en el grupo?

—¡Chis! —dice Rollo.

—Es importante —sigo—. Todo el mundo es sospechoso hasta que se demuestre lo contrario.

Noto una mano sobre mi hombro.

—No se puede hablar durante el examen, Timmy.

Es el señor Jenkins, nuestro profesor.

—Es que ya he acabado —le digo—. Ha sido uno de sus exámenes más fáciles. Aunque lo siento mucho por Meriwether.

—No sé qué es lo que quieres decir, Timmy, pero, si ya has terminado, ponte a leer algo y estate callado.

Espero a que el señor Jenkins vuelva a su mesa y bajo la voz.

—¿Quién más hay en el grupo, Rollo?

No dice nada.

—Seguiré hablando si no me lo dices.

Me ignora.

—Al menos dime el nombre del tesorero.

El señor Jenkins alza la cabeza y mira hacia nosotros.

Espero a que deje de mirar.

—Vale —le digo en voz baja a Rollo—. Tú no me contestes. Pero si luego tardo mucho en resolver lo que parece un caso chupado será culpa tuya. Y ¿a quién crees que culparán los de YIP YAP? ¿A mí o a su vocal de orden?

Rollo para y me mira.

—Tranquilo —le digo—. Seguro que a las universidades no les importará que en tu solicitud diga «Vocal caído en desgracia y despedido».

Rollo arranca frenético una esquina de la hoja del examen y garabatea un nombre.

Se asegura de que el señor Jenkins no lo vea y me pasa el trozo de papel.

—Ten —susurra entre dientes—. El nombre del tesorero. Y ahora... por favor... calla.

Miro el trozo de papel.

Y me doy cuenta de inmediato.

De que es un caso chupado.

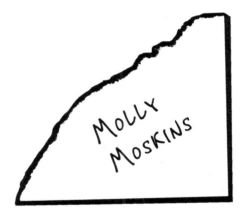

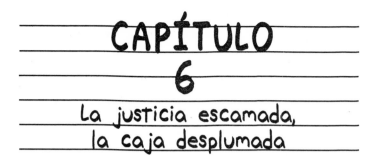

CAPÍTULO 6

La justicia escamada, la caja desplumada

Molly Moskins es la delincuente más buscada del país.

SE BUSCA
POR MUCHÍSIMOS DELITOS

Pero eso ya lo sabes si has leído alguno de mis libros anteriores.

Molly ha robado zapatos, bolas del mundo, cucharas, proyectos de medio natural y la dignidad del sistema judicial penal.

Porque, aunque yo ya la he pillado con las manos en la masa, nadie la ha juzgado aún.

Es una parodia de proporciones inmensas.

Pero lo peor de todo es que la niña huele a mandarina.

Ya verás, compruébalo:

Es una delincuente sin moral. Una criminal sin escrúpulos. Una facinerosa sin rosa.

← Sin rosa

Le robaría la piel a un oso; las escamas a un pescado; y el pescado a un pescadero escamado.

PESCADERÍA

Y, si alguna organización benéfica le diera acceso a los fondos que con gran esfuerzo ha recaudado, la desplumaría.

Sin escamas, sin plumas y sin orejas es cómo me van a dejar a mí los gritos de Molly Moskins.

CAPÍTULO 7

Próxima grúa: esperanza

—¡AY, TIMMY! ¡ESTA VA A SER LA SEMANA DE VACACIONES MÁS ESPLENDÍFERA DE MI VIDA!

Estoy dentro del aparcamiento del motel DS-Kansakí, y tengo a mi lado a la malhechora en persona, pegando botes.

Lo has oído bien.

El viaje a ninguna parte de mi madre no solo implica trasladar a Dave el Portero de una punta a otra del país. También implica compartir las vacaciones con la nueva amiga de mi madre.

Esther Moskins.

ESTHER MOSKINS (siempre mirando el móvil)

Esther es la madre de quien ya sabes:

¡¡¡Podemos ir juntos a nadar!!! ¡¡¡¡Podemos jugar juntos al minigolf!!!!

En teoría, vamos todos juntos a una ciudad que se llama Chicago, para ayudar a Dave el Portero a mudarse allí, a su nueva casa. Después, Dave el Portero, la desconsiderada de mi madre y yo pasaremos las vacaciones en Chicago con la malhechora que huele a mandarina y toda la familia de la malhechora.

Por cierto, ¿he mencionado ya al resto de la familia de la malhechora?

¿No? Pues aquí los tenéis.

Este es el señor Moskins:

SEÑOR MOSKINS

Es el padre de Molly. Y de él solo sé una cosa: le gustan los mapas.

Y luego también está el hermano pequeño de Molly, Micah. Lo que pasa es que ella no le llama Micah. Ella le llama así:

No quiero saber por qué le llama Moco. Solo quiero esconderme de Molly.

Por eso me encierro a salvo en el coche.

—¿Por qué no sales a jugar conmigo? —pregunta la niña que huele a mandarina.

—No nos quedaremos, Molly Moskins. Mi madre se ha parado aquí solo porque yo estaba peleándome con mi socio.

Molly empieza a preguntarme algo pero la interrumpe el cataclac de las puertas del coche desbloqueándose.

—¿Qué haces? —le pregunto a mi madre, que ya sube al coche.

—Abro el coche. Para poder entrar. Para poder conducirlo.

—¿Nos vamos? —pregunto.

—Sí —contesta.

—Ah, menos mal —digo.

Mi madre baja la ventanilla del copiloto y se inclina hacia Molly.

—Cariño, mejor que vuelvas con tus padres. No nos vamos a quedar aquí.

Molly se va corriendo.

—Por favor —digo entre dientes—. ¿Cómo puedes llamarla «cariño»? ¿Es que tengo que recordarte su letanía de delitos? Estoy seguro de que te ha robado el aparato de música mientras parloteabas.

Mi madre se vuelve hacia el asiento trasero.

—En serio, Timmy, pórtate bien o volveré a parar y harás el resto del viaje en el coche de Dave.

—El coche de Dave no tiene aire acondicionado. Muy peligroso para un mamífero ártico. Así que me portaré bien. Por Total.

Además, mi madre está estresada.

Y pronto estará mucho más estresada.

—¡Ay, no, por favor! —dice cuando gira la llave del motor y no oye nada.

—¡No, no, no! ¡No te mueras ahora! —le dice al coche de alquiler—. ¡Aquí no! ¡Ahora no!

Pero el coche no le hace caso.

Y al cabo de un momento todos los adultos están reunidos junto a nuestro difunto coche.

—Vosotros marchaos —dice mi madre a la familia Moskins—. Dave y yo esperaremos a que llegue la grúa.

—Podría tardar uno o dos días —dice Esther Moskins, alzando la vista de su móvil—. Y estamos en mitad de la nada.

—Seguro que no tardará tanto —dice Dave el Portero—. No te preocupes por nosotros.

—Si queréis, podemos llevarnos a Timmy —ofrece la señora Moskins—. Lo pasearemos por Chicago. Creo que se lo pasará mejor que si se queda aquí.

—No, qué va. Qué va. Qué va —interrumpo, pensando en la monumental tragedia que sería viajar con Molly Moskins.

—¡Timmy! —me corta mi madre.

—Muchísimas gracias, Esther —dice Dave el Portero—. Pero no queremos causaros molestias.

—De molestia, nada —dice Esther Moskins—. ¡A Molly le encantará estar con Timmy!

Molly sonríe.

Y yo estoy aterrado.

—Mira —dice Esther—, hagamos una cosa: nos quedamos todos a pasar la noche aquí en el motel DS-Kansakí y, si mañana por la mañana no ha venido la grúa, nos llevamos a Timmy a Chicago y ya vendréis vosotros después.

—¡La grúa vendrá! ¡La grúa vendrá! —recito como un mantra.

Mi madre me tapa la boca.

—Te lo agradezco mucho, Esther —dice—. Haremos eso, esperaremos a ver qué pasa con la grúa. Es verdad que lo de dormir aquí no es mala idea. Así hacemos un paréntesis en un viaje tan largo.

Salgo del vehículo como hombre sentenciado, con la única esperanza de alguna grúa perdida en el valle de Ninguna Parte.

Sin nadie a quién acudir, levanto la vista hacia el hombre de neón del cartel del motel DS-Kansakí, para mi gusto demasiado feliz por dormir en el motel DS-Kansakí.

Es evidente que a él no le espera un viaje a Chicago con esta persona:

CAPÍTULO 8

Para caprichoso, el oso

Total y yo compartimos un sofá cama en la habitación del motel de mi madre.

Pero él no pasa ni un minuto ahí.

Porque ha encontrado su rincón favorito en el vestíbulo.

Pobre del huésped del DS-Kansakí que vaya a por hielo y se encuentre un oso polar de seiscientos ochenta kilos.

Aunque cueste creerlo, hubo un tiempo en el que Total era el socio más fiable que un detective podía tener.

Preparaba el café.

Llevaba los archivos.

Y la contabilidad.

Pero en algún momento algo cambió y, cuando cometió un error que colmó el vaso de los errores, no tuve más remedio que despedirlo.

¿Toi parao?

Fue entonces cuando Total señaló en la letra pequeña de nuestro contrato de sociedad unas palabras que yo no recuerdo que estuvieran ahí antes:

CONTRATO DE SOCIEDAD DE SASTRE & TOTAL

Párrafo 15: Rescisión

En el supuesto de que se rescindiera la sociedad con el mamífero ártico, este tendrá derecho a recibir una paga semanal Y TOS LOS VOMBONES KE ME PUEDA COMER PARRA TODA LA BIDA Y UNA CAMA BLANDITA ¡¡Y TODO LO KE PIDA SIEMPRE!!

Sospecho que el contrato ha sido modificado. Pero no puedo demostrarlo. Así que ahora Total está en mejor posición que cuando trabajaba. Y Desastre Detectives gasta más en bombones de lo que ingresa.

Es un acuerdo económico que no puede continuar. Pero, por ahora, tengo que apechugar con mi desgraciado destino.

Como el pobre huésped del DS-Kansakí que quiere hielo.

Y los huéspedes que intentan relajarse fuera.

En el otro rincón favorito de Total.

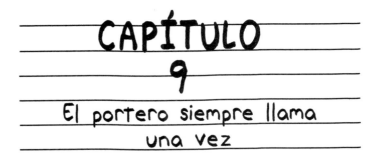

CAPÍTULO 9

El portero siempre llama una vez

Dave el Portero llama a la puerta de la habitación, que está medio abierta.

—¿Bajará usted a cenar, señor De Sastre? —pregunta.

Me gusta que me llame así.

Es una muestra de respeto.

Y ayuda a mantener cierta distancia profesional entre mi persona y el hombre que antes era mi portero.

—¿Estará Molly Moskins? —pregunto yo.

—Probablemente —contesta él—. Supongo que ella también ha de comer.

Pienso en eso. Y en el hecho de que, cuando esté en la cárcel, le darán todas las comidas gratis.

—¿Puedo entrar? —pregunta Dave el Portero.

—La puerta está abierta —respondo.

Entra y se sienta en la silla que hay junto a la mesita. Y recorre con la vista la triste habitación del motel DS-Kansakí.

—No te he visto en la piscina —dice.

—Es que estaba Molly —digo.

—¿Y el minigolf? —pregunta.

—Es que estaba Molly.

—Creo que lo he pillado —dice.

Juega con el mando de la tele que había en la mesita.

—Si quieres, puedes sentarte a mi lado en la mesa —ofrece.

—¿Para qué? —pregunto.

—Podemos pedir lápices de colores y dibujar por detrás de los manteles de papel caricaturas de todo el mundo —contesta.

Me imagino lo que yo dibujaría.

MOLLY CON cabeza de caballo

por Timmy De Sastre

Dave el Portero se me acerca y baja la voz.

—Además, o hacemos eso o tendré que hablar de mapas con el señor Moskins.

—¡Lo he oído! —dice mi madre mientras entra en la habitación.

Está guapa.

Y se lo digo.

—No hacía falta que te pusieras tan elegante para cenar en el motel DS-Kansakí.

—No me he puesto elegante. Pero gracias por el cumplido. Si es que lo era…

—Sí, y yo lo suscribo —dice Dave el Portero.

Le da un beso en la mejilla y ella lo abraza por la cintura.

Me voy hacia la puerta y los paso de largo.

A salvo en el pasillo, me giro y le digo a Dave el Portero.

—Mejor dibujas tú solo.

CAPÍTULO 10

Feliz, feliz
en tu moco...

Durante la cena queda claro que el padre de Molly no solo habla de mapas. Tomo nota de los temas en varios mantelitos:

Y todo este aburrido adoctrinamiento lo oigo porque tengo sentado a mi lado al padre de Molly.

Y al otro lado, al hermano pequeño de Molly, Moco.

Y es el cumpleaños de Moco.

¡CUMPAÑOS!

En el restaurante le han dado un sombrero de cumpleaños y a los demás, coronas de papel. No sé muy bien por qué. Pero mi madre me obliga a ponerme la mía.

Es casi la única vez que se ha dirigido a mí. Porque se ha pasado todo el tiempo hablando por los codos con la señora Moskins. Las dos se lo están pasando en grande.

Así que las interrumpo.

—El rey Timmy quiere saber si te han llamado los de la grúa.

Mi madre me mira mal y se gira hacia la señora Moskins.

—Disculpa un segundo, Esther.

—Digo que si te han llamado los de la grúa —repito.

—No, Timmy.

—¿Quieres que los llame?

—No.

—¿Volvemos ya a la habitación?

Mi madre se agacha y acerca su cara a la mía.

—Timmy, no seas maleducado. Ve a hablar con Micah.

—Moco.

—¿Qué has dicho?

—Lo llaman Moco.

—No seas grosero, Timmy.

Me vuelvo hacia Moco. Está escribiendo su nombre en la mesa.

A Moco nadie le dice nada. Sin embargo, a la hija, el señor Moskins sí le habla.

Así que cojo otro trozo de pastel y salgo fuera, donde encuentro a mi socio.

Está en su tercer rincón favorito.

—¿Pastel? —le pregunto.

Su enorme cabeza se abalanza sobre mí y engulle todo el pastel de una vez.

Luego me mira. Triste.

—¿Ahora qué? —le pregunto—. Te he traído todo el pastel que quedaba, desagradecido. Ya sabes que estamos en mitad de la nada.

Pero ya veo que no es el pastel.

Así que vuelvo al restaurante.

Y le llevo lo que quiere.

CAPÍTULO
11
Oye qué mal va...
...mi ritmo

Solo con Total, bajo el reflejo del hombre del DS-Kansakí, oigo música:

—Genial —me quejo—. Que alguien me diga cómo voy a dormir esta noche con todo ese ruido.

Y entonces oigo otro ruido.

—¿Quieres bailar?

Es la voz demasiado alegre para estas horas de la noche de Molly Moskins.

—Por favor, Molly Moskins. ¿Qué es lo que está pasando en ese restaurante? —le pregunto.

—Es muy divertido. Hay un guitarrista flamenco. Creo que mis padres y tus padres se lo están pasando muy bien.

—¿Has dicho mis padres? Dave el Portero no es mi padre, Molly Moskins. Es un portero con el que está saliendo mi madre. Bueno, con el que estaba saliendo, porque en estos momentos lo estamos trasladando a una ciudad que está muy lejos. Y, cuanto antes lo llevemos allí, antes podré volver a un despacho de detectives en el que mi ausencia está teniendo unas consecuencias nefastas.

Molly Moskins sonríe y se sienta junto a mí en el bordillo.

Mueve los pies al ritmo de la música que sale del restaurante.

—Rollo Tookus dice que tú piensas que yo robé todo el dinero.

Su brusco cambio de tema me pilla por sorpresa.

—Que robé todo el dinero de YIP YAP, —añade.

—Párate ahí —le digo alzando el dedo índice—. Párate ahí, Molly Moskins.

—¿Qué pasa?

—Si vas a confesar, antes tengo que leerte la declaración Miranda.

—¡Hala! ¿Y eso qué es?

—Antes de que cantes, tengo que leerte tus derechos. Si no, creo que pasaría algo malo.

—¡Qué emocionante! —exclama.

Paso las hojas de mi cuaderno de detective hasta que al final de todo encuentro lo que escribí por si tenía que acusar formalmente a Molly Moskins.

—Vale —le digo—. Ahí va: «Tienes derecho a permanecer callada —leo— y, excepto cuando confieses, deberías permanecer siempre callada, porque hablas demasiado y es muy molesto».

—¿Ya está? —pregunta.

—Creo que sí —contesto.

—¿Y ahora qué?

—Ahora confiesas.

—Vale —dice.

—¿Vale qué?

—Vale, robé todo el dinero.

La música procedente del restaurante se para de golpe, casi como si hasta el guitarrista flamenco se hubiera quedado de piedra.

—¡Bueno, bueno, bueno! ¡Frena! —le digo a Molly mientras busco el bolígrafo.

—El dinero está aquí —dice enseñándome cinco billetes de veinte dólares—. Ten, cuéntalo.

Le cojo el dinero.

—Vale, Molly Moskins, empieza a hablar. Quiero saber todo lo que pasó.

—Vale —dice—. Pero antes bailemos.

—¿Antes qué?

—Antes bailemos —repite con tono alegre.

—¡Absurdo! —protesto.

—¿No te gusta bailar?

—¡Molly Moskins, acabas de confesar un delito que te mandará a la trena el resto de tu vida! ¿Crees que este es el momento de bailar? Además, ¡yo soy el detective que te está deteniendo! ¿Tienes idea de que lo que pensaría la población?

—Yo no se lo diré a nadie.

—Molly, NO. No voy a bailar con una delincuente confesa.

—¡Es que estás muy guapo con la corona! ¡De verdad!

—¡Por favor! —grito—. ¡Pueden oírte, Molly! Mi socio puede oírte.

Miro hacia Total. Está haciendo lo posible para no oírnos.

—Molly Moskins, vamos a volver juntos a ese restaurante, yo llamaré a la policía y pondremos fin a tu reinado de terror delictivo.

Hace un gesto negativo con la cabeza.

—¿Por qué dices que no? —le pregunto.

Y, como es una malhechora de la que no te puedes fiar, salta sobre mí por sorpresa y me abraza por la cintura.

—¡AAAH! —grito—. Pero ¿qué haces? ¿Qué haces?

—Estamos bailando —contesta.

Me echa todo el pelo en la cara y sus rizos de mandarina me entran por toda la nariz.

Considero la posibilidad de pedir ayuda.

Refuerzos.

Y, de reojo, veo a Total.

Quien, una vez más, hace lo que puede para respetar mi intimidad.

De manera que estoy atrapado. A merced de una malhechora despiadada cuyo único objetivo es humillar a un servidor de la ley.

—Lo lamentarás —le digo con los brazos pegados al cuerpo.

Me canturrea al oído y apoya la cabeza sobre mi pecho.

—¡Es maravilloso! —dice.

Cierro los ojos, por miedo de que alguien me reconozca. Pienso que, si yo no veo a nadie, nadie me verá a mí.

—Mira las estrellas —dice Molly demasiado cerca de mi oreja—. ¡Es tan romántico! ¡Parece Roma! ¡O París! ¡Deberíamos viajar juntos a algún lugar, Timmy! ¿Sabes que tengo tarjeta de crédito?

Intento escabullirme en vano. Es una malhechora con experiencia y ha abusado del sistema judicial desde que aprendió a caminar.

—¡ESTOY BAILANDO CON TIMMY DE SASTRE! —grita al aparcamiento medio vacío.

—¡Soy Timmy Fanfarrón! —grito yo también—. ¡Timmy FANFARRÓN!

—¿Quién? —pregunta Molly, que sigue balanceándose.

—¡Es otro detective! —grito a quien me quiera oír—. Otro detective que NO tiene nada que ver con Timmy De Sastre.

Y de pronto la música se para.

Molly me suelta, da un paso atrás y sonríe.

—Ya está. ¿A que no ha sido tan malo?

—Ha sido peor que malo, ha sido trágico. Épicamente trágico.

Molly se ríe.

—Es porque no te gusta bailar —dice.
Eso es más de lo que un detective puede aguantar. Y le replico:

—¡No, Molly Moskins! ¡No me gusta bailar CONTIGO!

Molly se queda mirándome con sus grandes pupilas desparejadas.

Y vuelve corriendo al restaurante.

Mientras la veo irse, siento una punzadita.

Porque los detectives somos hombres duros, pero decentes.

Incluso los malhechores tienen sentimientos.

Me planteo seguirla al restaurante. Pero no lo hago.

Porque, como detective, sé esperar a que

los pecados de la noche sean perdonados por la luz brillante de la mañana.

Así que me vuelvo a sentar en el bordillo, bajo la luz de neón del hombre del DS-Kansakí.

Quien ahora mismo no parece nada dispuesto a perdonar.

CAPÍTULO
12
Con el chitty-yipi yap-yap, chitty-yipi yap-yap, pagas tú...

—Podemos hablar tanto como queramos —le digo a Rollo—. Llamo desde el teléfono del motel.

—Creo que eso lo cobran —contesta Rollo.

—El teléfono está en la habitación, Rollo. No pueden cobrarme por algo que está en la habitación. Imagínate que me cobraran por las botellas de agua que hay sobre la mesa.

—Timmy, valen como mínimo seis dólares cada una.

Miro hacia las botellas ahora vacías.

—Mira, Rollo, no te he llamado para hablar de agua mineral, sino para decirte que ya he resuelto el caso.

—¿Qué caso?

—YIP YAP.

—¿Has resuelto lo de YIP YAP? ¿Cuándo?

—Ya.

—¿Ya YIP YAP?

—YIP YAP ya.

—No entiendo nada —dice Rollo.

—¡El dinero robado! —grito—. Ya lo he resuelto todo.

—¡Qué rápido!

—Lo sé. Ya te he mandado la factura. Y no te demores en el pago. No me gustaría ver a mi oso sacudiéndote.

—¿Y quién lo hizo? —pregunta Rollo.

—Molly Moskins. Lo ha confesado todo.

—¿De verdad?

—Como lo oyes. Esa mente criminal ya no actuará más.

—Pues me sorprende —dice Rollo.

—¿Qué te sorprende?

—Que fuera Molly.

—Rollo, esa niña comete la mitad de los delitos de nuestro estado. Hay que ser tonto para dejarse sorprender por...

Se oye un estruendo.

Alzo la mirada y veo que Total ha tirado el minibar.

—¿Qué te había dicho? —le grito a mi oso—.
¿Qué te había dicho que pasaría si hacías eso?

El minibar del motel estaba lleno de barri-
tas dulces, frutos secos y refrescos. Y Total se lo
ha comido todo. Por eso cada pocos minutos
lo pone al revés y lo zarandea, por si se ha dejado
algo.

Pero esta vez se le ha caído de las manos.

—¿Qué pasa? —pregunta Rollo al otro lado
de la línea.

—Es mi socio. Se ha comido todo lo que
había en el minibar, y ahora lo ha roto.

—¡Ah, pues lo del minibar seguro que sí lo cobran! —dice Rollo—. Por no hablar ya de la nevera rota.

—¿Lo has oído? —le grito al oso—. ¡Nos has arruinado!

Total se esconde avergonzado.

—Bueno, ¿y qué tiene de sorprendente que Molly Moskins cometa otro delito? —le pregunto a Rollo.

—Ah, sí, ahora te lo iba a contar.

—Pues cuéntamelo.

—La verdad es que es muy raro.

—Suéltalo, Rollo.

Rollo se aclara la voz.

—Nunzio Benedici se ha declarado culpable de todo.

No me da tiempo a reaccionar porque se oye otro estruendo.

Pero esta vez no es Total.

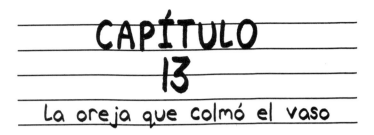

CAPÍTULO 13

La oreja que colmó el vaso

El ruido viene de la habitación de al lado. Y suena como si se hubiera caído una nevera portátil.

Oigo cómo alguien recoge el hielo del suelo. Y luego voces.

Y lo oigo todo porque estoy utilizando mi dispositivo de escucha de alta tecnología.

UN VASO

Oigo a dos personas. Una de ellas es mi madre. Habla y habla sobre algo.

La otra voz es de un hombre. No es el padre de Molly. Eso lo sé porque no habla de mapas.

Luego oigo «Chicago» y «trabajo».

Y aplicando mi gran potencia mental, me doy cuenta de que la segunda voz es de Dave el Portero.

Luego los dos hablan de otras cosas.

Así que cojo un papel del bloc de notas del motel y apunto todo lo que oigo.

Motel DS-Kansakí

Mamá dice:

DAVE EL PORTERO dice:

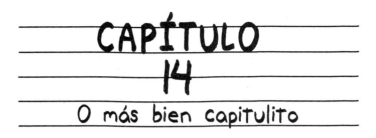

CAPÍTULO 14

O más bien capitulito

Lo sé, lo sé.

Quieres saber por qué he recortado parte de la nota del final del capítulo anterior.

Pues en primer lugar porque debo respetar la intimidad de mi madre. Es una civil. Ella no pidió tener un hijo detective de fama mundial.

En segundo lugar, porque no tienes por qué saberlo todo.

Y, en tercer lugar, porque no era importante. De verdad.

Pero lo que pasa luego sí lo es.

CAPÍTULO 15

Lo que pasa luego

—¡He bloqueado la puerta! —grito.

—¿Que has hecho QUÉ? —grita mi madre desde el otro lado de la puerta de la habitación.

—¡He bloqueado la puerta! —repito.

—No me lo creo.

—Pues sí —contesto—. El oso está descontrolado. Me he tenido que encerrar con él.

—¡Timmy, abre la puerta ahora mismo! —grita mi madre.

—No puedo —respondo—. He clavado unos tablones que había en la caseta de mantenimiento y son muy robustos. No se mueven ni un ápice.

—¡¿De verdad que has clavado tablones en la puerta?!

—¿Por qué lo preguntas como si fuera algo malo? —digo—. Es para impedir que el oso haga más destrozos. ¿Sabes que ya ha roto el minibar?

Se oye lo que parece el puño de mi madre golpeando la puerta.

—Timmy, dime que es broma —grita—. ¡Dime que no has clavado tablones en la puerta!

—Los detectives nunca gastamos bromas, mamá. He bloqueado la puerta. Y diría que ha sido un gesto muy responsable por mi parte.

—¿Responsable? ¿Me lo explicas?

—Porque, si la puerta no estuviera bloqueada, ese oso ya habría tirado la máquina de hielo a la piscina. Además, estar encerrado aquí me da tiempo para centrarme en el caso YIP YAP.

—¿El QUÉ? —grita golpeando otra vez la puerta.

—El caso YIP YAP. Ya ha habido una confesión. De hecho, dos confesiones. Todo es muy raro.

Se oyen pasos al otro lado, y luego voces.

—Ha clavado maderos en la puerta —dice mi madre.

—¿Que QUÉ? —pregunta una voz masculina. Y se oyen más golpes, esta vez más fuertes.

—Timmy, soy Dave. Abre, por favor.

—¡Qué pesados! —digo—. Empiezo a aburrirme. Dave, la puerta está bloqueada.

—Deberíamos dejarle ir a Chicago con los Moskins —oigo que Dave cuchichea a mi madre—. Mira lo que ha hecho.

—No pienso ir a Chicago con los Moskins —grito desde mi lado de la puerta.

—¿Cómo iba a imaginar que bloquearía una puerta con tablones? —le replica mi madre.

—No pienso ir a Chicago con los Moskins —repito.

—¡Es un crío! —le contesta Dave—. En mitad de la nada. ¡Los críos se aburren!

—¡Sí, claro, pobrecito! —grita mi madre—. Timmy, ¿me oyes? Apártate de la puerta que vamos a buscar a alguien del motel para que la abra a la fuerza.

—No pienso ir a Chicago con los Moskins —repito.

—Lo digo en serio, Timmy —dice—. ¿Te has apartado ya de la puerta?

—No pienso ir a Chicago con los Moskins —respondo.

CAPÍTULO 16

Madre sorda hay una

Estoy yendo a Chicago con los Moskins.

¿Por qué? Porque el destino ha querido que a los Moskins no les entusiasmara estar alojados en el motel DS-Kansakí y han preferido marcharse (supongo que a Esther Moskins no le ha gustado la poca cobertura que su querido móvil tenía en mitad de la nada).

De manera que ahora ya no estoy en Ninguna Parte. Ahora estoy en una parte peor.

En la parte de atrás de un coche, entre mis dos personas favoritas.

Y no se está nada cómodo aquí.
Porque Molly no me habla.

Y Moco sí.

Y Esther Moskins canta canciones desinfectadas a voz en grito.

Y el señor Moskins habla de carreteras y autopistas.

Parece una venganza perfectamente urdida por mi madre para que yo sea el pasajero más incómodo de toda la red de carreteras del país. Bueno, o el segundo más incómodo.

CAPÍTULO 17

Salto de plancha

—Es un detector de mentiras —le digo a Molly Moskins.

—¡Qué emoción! —exclama.

Mañana de lluvia en Chicago. Estoy atrapado en una habitación de hotel con Molly Moskins. Está de mejor humor que en el coche, así que aprovecho la oportunidad para llegar al fondo del caso YIP YAP, que tanto se ha oscurecido.

—¿Qué tengo que hacer? —pregunta.

—Bueno, lo primero: atarte esta cuerda al dedo. Yo te haré preguntas y tú, para contestar, estirarás de la cuerda.

—Vale —dice.

—Pues entonces empecemos. Molly Moskins, ¿robaste tú el dinero de YIP YAP?

Se pone a reír.

—Perdona, pero no te puedes reír, Molly Moskins. Estamos en plena investigación criminal.

—Vale —dice—. Vuelve a preguntarme.

—Molly Moskins, ¿robaste tú el dinero de YIP YAP?

—Sí —contesta mientras estira de la cuerda.

—«La vaca dice ¡MUUU!» —responde el detector de mentiras.

—¿Y eso qué significa? —pregunta Molly.

—Que estás mintiendo, creo —contesto.

—¡Otra vez, otra vez! —dice Molly.

Reinicio el detector colocando al granjero central en la posición de las doce en punto.

—Bien, ¿estás preparada? —digo—. Molly Moskins, ¿robaste tú el dinero de YIP YAP?

—No —contesta mientras estira de la cuerda con determinación.

—«La vaca dice ¡MUUU!» —responde el detector de mentiras.

—No puedes decir que no. Acabas de decir que sí a la misma pregunta, ¡idéntica!

—He cambiado de opinión —dice.

—¡Pero me diste el dinero robado en el motel DS-Kansakí!

—Puede que fuera el dinero de cumpleaños de mi hermano —dice en voz baja—. O puede que no.

—¡Decídete, Molly Moskins! ¿Robaste o no robaste el dinero?

—Bueno, el detector tampoco se aclara mucho. Dice que las dos veces he mentido.

Ya, claro.

Está utilizando una estrategia psicológica para engañar al detector de mentiras. Una estrategia muy astuta. Eso es justamente lo que la distingue de los delincuentes comunes.

—Descansaremos un momento —le digo.

—Vale —contesta—. Además, tendríamos que jugar un poco con Ya Sabes Quién.

Ya Sabes Quién es su hermanito Moco.

Que ahora mismo está subido a la tabla de planchar.

—¿Qué hace ahí? —le pregunto a Molly.

—No sé —contesta.

Y veo lo que lleva en la mano. Un bolígrafo.

—Creo que está intentando poner su nombre en el techo —le digo a Molly.

—¡Micah, NO! —dice corriendo hacia él.

Al ver que su hermana se acerca, Moco se lanza a correr por la tabla como si fuera un trampolín olímpico y al llegar a la punta salta gritando algo así:

—¡YOZÉ KEA DI CHOTELO!

No tengo ni idea de qué ha dicho; ni siquiera sé si ha dicho algo. A lo mejor recitaba el himno nacional, vete tú a saber.

Pero lo que sí sé es que, mientras lo decía, su padre ha entrado en la habitación.

Y ha visto los efectos del salto de trampolín:

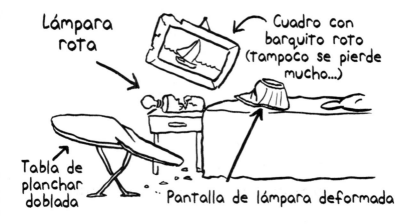

Lámpara rota

Cuadro con barquito roto (tampoco se pierde mucho...)

Tabla de planchar doblada

Pantalla de lámpara deformada

¡Ah, no, espera!

Olvidaba otro efecto del salto:

CAPÍTULO 18

Por aquí me han preguntado... y por aquí se han enRollado

—Meriwether Lewis y William Clark fueron dos exploradores que el presidente de Estados Unidos Thomas Jefferson envió a Luisiana para buscar una ruta fluvial hasta el océano Pacífico. Fueron desde San Luis hasta lo que es ahora Oregón, guiados por Sacagawea, una indígena shoshona...

—Me estoy aburriendo —le digo a Rollo.

Llamo desde el teléfono gratuito del hotel aprovechando que Molly no está y Rollo me está hablando de un hombre que se llama Meriwether.

—Bueno, es que he visto la nota que te ha puesto el señor Jenkins en el examen de historia y no era muy buena —dice Rollo.

—Venga, Rollo, las notas son algo que le importa a la gente normal y moliente. No a mí.

—Normal y «corriente» —me corrige Rollo.

—Pues ahora sí que cuelgo.

—No cuelgues.

—Pues no me hagas perder más tiempo. Llevo un par de días muy malos y tengo los nervios deshechos. Si quieres decir algo, dilo ya.

—No fue Nunzio.

—¿El qué no fue Nunzio?

—El que robó el dinero de YIP YAP. No fue Nunzio.

—¡Me dijiste que había confesado! ¿Qué está pasando? ¿Me voy y se acaba el mundo o qué?

—Bueno, creo que Nunzio estaba hablando el otro día con Max Hodges, y le dijo:

Me he apuntado a karate.

»Pero cuando Max Hodges fue a contárselo a Jimmy Weber, Max dijo que Nunzio había dicho…

»Y cuando Jimmy Weber se lo contó a Gunnar, la cosa pasó a…

»Y cuando Gunnar se lo contó al señor Jenkins, se transformó en…

»Y cuando el señor Jenkins me lo comentó a mí, yo juraría que dijo...

—¡Eso es! —le digo a Rollo.

—¿El qué?

—¡Nunzio! —grito—. El conejo de chocolate.

—No, Timmy, espera…

—Ahora la única pregunta es ¿POR QUÉ?

—Timmy, Nunzio no…

—Calla, Rollo, tengo que pensar.

Pero no me dejan.

No me dejan unos golpes en la puerta.

CAPÍTULO 19

En Chicago vi llover, vi gente correr, y no estaba mi madre

Es el padre de Molly, con un móvil en la mano.

—Tu madre, Tim.

Creo que mi madre tiene un radar para detectar cuándo puede interrumpir mi trabajo de detective.

Le cojo el teléfono al señor Moskins.

—Hola, mamá, estoy muy ocupado.

—Hola, cariño, ¿cómo estás?

—Ocupado —repito—. Empantanado con el trabajo de Chicago.

—Bueno. Llamo para decirte que el coche ya funciona. Lo ha podido arreglar el señor de la grúa, de manera que estaremos ahí esta misma tarde.

—No hay prisa —contesto.

—Ya veo que te hace muchísima ilusión —dice—. ¿Vas a hacer algo con los Moskins hoy?

—Está lloviendo, mamá. No podemos hacer nada.

—Timmy, es una ciudad bastante grande. Podríais ir a un museo.

—¿Un museo? —le suelto—. Mamá, estoy en mitad de una investigación que me ha hecho cruzar medio continente. Tengo testigos oculares que se contradicen, un oso que se está comiendo mis beneficios y una malhechora por compañera de habitación. Y estoy con una familia que...

Veo al padre de Molly esperando al final del pasillo.

Bajo la voz.

—Estoy con una familia que hace que la nuestra parezca ideal.

—Timmy —dice—, pórtate bien. Han sido muy amables llevándote con ellos a Chicago.

—¿Amables? —respondo—. Fue una tortura.

—Ya hablaremos de todo esto cuando llegue, ¿vale?

—Bueno. Pero tengo mi agenda llena hasta la semana que viene.

—Lo hablamos cuando llegue, Timmy. Pásale el teléfono al señor Moskins.

—Vale. Pero no empieces a darle ideas sobre qué se puede hacer en Chicago. Ando muy apurado de tiempo.

—Que le pases el teléfono al señor Moskins —repite.

Así que le paso el teléfono al señor Moskins, vuelvo a mi habitación y cierro la puerta.

Y vuelven a llamar.

Otra vez el señor Moskins.

Y está muy emocionado, demasiado, por lo que me quiere decir:

—Tim, ¡vamos a un museo!

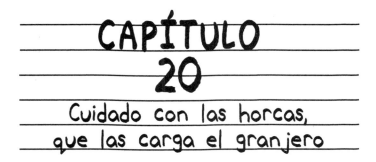

CAPÍTULO 20

Cuidado con las horcas, que las carga el granjero

Yo de arte no sé nada.

Pero, ya que mi madre me castiga prolongando mi tortura con los Moskins, he decidido sacar el máximo partido de la situación.

Por eso cuando llego al museo le tiendo mi tarjeta de visita a la mujer de la entrada.

De Sastre Detectives
(no tan malos como suena)

—¿Qué es esto? —me pregunta.

—Soy Timmy De Sastre.

—Ah —dice.

—Se la doy por si algún día le roban alguna obra de arte.

Se queda mirando la tarjeta.

—He escrito mi número detrás. Mi número de timmyfono, puede llamar cuando quiera. Pero, si contesta un oso, cuelgue. Tiene prohibido coger el teléfono.

—Que disfrutes del museo —me dice.

Paso el torno de entrada y veo al señor Moskins que se ha quedado atrás.

Está estudiando un mapa.

—Muy bien —dice en voz alta, hablando solo—. Si seguimos este pasillo central y al final giramos a la izquierda, llegaremos al ala de arte moderno. Seguiremos el sentido de las agujas del reloj para cubrir el resto de esta planta. Luego podemos subir por estas escaleras de aquí y dar otra vuelta igual en la planta de arriba. ¿Qué os parece?

Alza la vista con cara de distraído.

—¿Has visto a Micah? —pregunta.

No lo he visto, lo que quiere decir que a estas alturas ya ha destrozado algo.

—¡Dios mío! —exclamo mientras señalo hacia una estatua—. ¡Le ha roto los brazos!

El señor Moskins sonríe y me enseña en el
mapa una foto de la misma estatua.

—Aquí tampoco tiene brazos —dice.

Seguimos caminando por el pasillo principal hasta una gran galería, donde vemos a Moco.
Este lleva la cabeza envuelta en un mapa del
museo.

—¡YOZÉ KEA DI CHOTELO! —grita. Su in-comprensible cháchara favorita.

Le quito el mapa de la cabeza.

—¡TIMMYYYY! —me grita en toda la cara.

—Te hemos buscado por todas partes —le dice su padre—. ¿Dónde estabas?

Moco nos enseña un bolígrafo y el mapa del museo desenrollado.

Ha escrito su nombre por todo el mapa.

—Tú te llamas Micah —le dice su padre. Luego se vuelve hacia mí—: Ese apodo se lo puso su hermana. A su madre y a mí nos desespera, porque ahora cree que es su nombre de verdad.

Coge el mapa de Micah y lo dobla para que no se vea el nombre escrito. Y se vuelve otra vez hacia mí.

—Quería comentarte lo de antes. Siento lo que has presenciado, Tim. Molly tiene que aprender a ser responsable. Por eso la he hecho quedarse en el hotel con su madre. Ya verá el museo otro día.

Yo no digo nada. Aunque sé la verdadera razón por la que no la han dejado venir: es una malhechora.

Y robaría todas las obras de arte que su hermano no hubiera roto antes.

Proseguimos nuestro aburridísimo recorri-

do por el museo. Y encontramos el cuadro de un granjero con su mujer.

—Este cuadro se titula *Gótico americano*

—dice el padre de Molly comprobándolo en el folleto del museo—. Es muy famoso.

—¿Por qué?

—Porque está en el folleto —dice el señor Moskins—. En los folletos solo ponen los más famosos.

Miro bien el cuadro.

—Creo que ha matado a un hombre —digo.

—¿Quién ha matado a un hombre? —pregunta.

—El granjero. Y lo ha hecho con esa horca.

Un guía del museo me oye.

—Este cuadro no va de asesinatos —me interrumpe—. Representa...

—Ella ya sospechaba del viejo cuando se casó con él —añado señalando a la mujer del granjero—. Normal. No hay más que ver su cara de criminal.

El guía del museo se frota los ojos.

—Y ahora la mujer sabe lo que ha hecho su marido —sigo—. La mujer lo sabe TODO. Por eso mira tan nerviosa hacia la horca.

El guía quiere hablar, pero no le dejo.

—Por eso el viejo granjero está pensando: «Quizá también debería deshacerme de ella».

—¡Lo que hay que oír! —dice el guía.

—Mire, señor, yo soy detective. Sé de lo que hablo. Solo le preguntaré una cosa: ¿han detenido a este hombre? —Señalo al hombre del cuadro.

—Es un cuadro —dice lentamente—. No es real.

—Yo también creía eso de Meriwether.

—¿De quién? —pregunta.

—De Meriwether Lewis. El hombre del que se burlaba Clark.

—¿Qué tiene que ver Grant Wood con Meriwether Lewis? —pregunta.

—¿Quién es Grant Wood? —respondo.

—El hombre que pintó este cuadro —contesta el guía—. Eso demuestra lo poco que sabes del cuadro.

Sonrío.

Con aires de suficiencia.

—Eso demuestra lo poco que sabe USTED del cuadro —le respondo mientras leo la placa

en la que alguien ha tachado el nombre del pin-
tor y ha escrito otro al lado.

> *Gótico americano,* 1930
> Óleo sobre tabla
> 74,3 cm × 62,4 cm
> **Autor:** ~~Wood Grant~~ **MOCO**

Se la señalo.

—Lo pintó ese otro tipo.

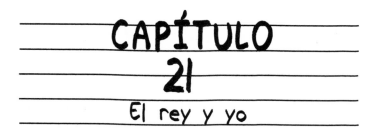

CAPÍTULO 21

El rey y yo

Te estarás preguntando por qué hace rato que no menciono al oso polar.

Pues porque desde que recibió la corona de papel en el aparcamiento del motel DS-Kansakí, está convencido de que es un rey de verdad.

Y ahora se pasa el día entero con la corona puesta. Y vestido con un albornoz del hotel.

El batín lleva unas letritas doradas borda-
das en el bolsillo del pecho, las letras «SM».

No sé qué quieren decir en realidad, pero sí
lo que Total ha decidido que quieren decir:

Y, por si eso fuera poco...

El oso ha descubierto el servicio de habitaciones.

Yo estoy casi seguro de que, como el teléfono, aquí toda la comida es gratis.

Pero, si no lo es, alguien va a recibir una factura enorme.

Y esa factura incluirá algo que estoy casi seguro de que sí cuesta dinero: televisión a la carta o de «pago por visión».

Porque ese oso gordo no ha parado de pedir un programa tras otro.

Programas de cocina.

Programas de tertulias.

Culebrones.

Y su último programa favorito:

Total, que Total ya no sale de la habitación. Y nadie entra a limpiarla.

Porque a ver quién es el guapo que acepta entrar y pasar un rato largo con un oso polar omnívoro.

Ya he intentado explicar al personal de limpieza del hotel que el oso polar está bien alimentado y que, por tanto, no es probable que se coma a nadie.

Pero no acabo de convencerlos.

En cualquier caso, ahora ya no importa.

Porque, le guste o no, el reinado del rey Total está a punto de llegar a su trágico fin.

Por la tiranía de alguien que pesa mucho menos que él.

CAPÍTULO 22

Ahora es tarde, señora

—¡Hola, desconocido! —me dice mi madre mientras me abraza en el vestíbulo del hotel.

—Ya he acabado de ayudar a Dave a mudarse a su piso nuevo —dice—. Deberías ver qué vistas tiene. Se ve casi todo el lago Michigan.

—¿Ya te has despedido de él? —pregunto—. ¿Agradeciéndole los buenos momentos?

Mi madre sonríe.

—No, no me he despedido de él. En cuanto acabe de desempaquetar algunas cajas vendrá hacia aquí. Quiere pasar la tarde con todos nosotros.

—¿Y yo dónde me quedo? —pregunto.

—En mi habitación, conmigo. En el piso de arriba.

—Pero yo ya comparto una habitación con Molly y Moco. Está conectada con la habitación de los padres de Molly.

—No le llames Moco, Timmy. Se llama Micah. Pero, claro, si lo prefieres puedes quedarte con ellos.

—Pues entonces quiero quedarme con ellos.

—Bueno —dice mi madre abrazándome otra vez—. Había planeado acostarnos tarde, o incluso telefonear al servicio de habitaciones, que no sé si hay, y pedir la cena.

—¡Sí hay, sí! —digo—. Pero esta noche me quedaré con Molly.

—¿Seguro?

—Seguro. Con ella hay peligro de fuga.

—¿Ah, sí?

—Mamá, por favor. ¿No recuerdas la última vez que la dejamos sola? Se fugó a Perú.[3]

—Está bien, Timmy. Quédate vigilando a Molly. Pero resérvame un hueco en tu carnet de baile para esta noche.

—Yo no bailo, mamá.

—Es una forma de hablar, Timmy. Quiero decir que me guardes un poco de tiempo para mí. Quería hablar contigo.

Suena el teléfono de la habitación. Corro a cogerlo mientras le grito a mi madre:

—¡Tengo el carnet de baile lleno!

---

3. Referencia a mi tercera obra de arte, *De Sastre & Total. Aquí estoy*. Si no lo has leído, peor para ti.

CAPÍTULO 23

Cualquier Rollo que diga podrá ser utilizado en su contra

—¿Qué quieres ahora? —le digo a Rollo.

—He olvidado decirte algo —contesta.

—Los acontecimientos se están precipitando, Rollo. Espero que valga la pena oírlo.

—Vale la pena oírlo. Es sobre la última reunión de YIP YAP. La última antes del robo. Yo vi a alguien allí que creo que...

—Para, para, para —le interrumpo—. ¿Dices que TÚ viste a alguien allí? ¿Qué hacías TÚ allí?

—No, Timmy, lo importante no es eso. Lo importante es que...

—Rollo Tookus, ¿ahora que estoy en plena investigación tras cruzar medio país y pagar un montón de facturas de hotel exorbitantes me vienes con ese sorprendente dato?

—Pero si aún no te he podido decir nada.

—Acabas de admitir que tú estabas en la última reunión de YIP YAP antes del robo.

—Soy el vocal de orden, claro que estaba.

—Pues el hecho de haber estado te convierte en sospechoso.

—¿A mí? —exclama Rollo—. ¿Por qué iba a robar el dinero del pobre Yergi Plimkin?

—Tú sabrás —contesto—. A lo mejor querías sus libros. Si vas a confesar, te leeré la advertencia Carmen Miranda. Aquí en Estados Unidos es obligatorio leer los derechos a un detenido.

—Se llama la «advertencia Miranda», Timmy, no «Carmen Miranda». Carmen Miranda era una cantante que llevaba frutas en la cabeza.

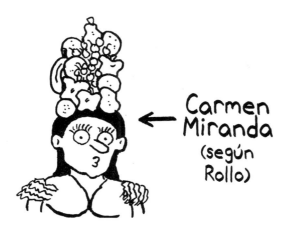

Carmen
Miranda
(según
Rollo)

—Cálmate un poco, Rollo. No estés tan a la defensiva.

—Y tú no estés tan loco, Timmy. Los de YIP YAP me encargaron a MÍ que buscara el dinero robado.

—Una tapadera perfecta, ¿verdad?

—¡Pero si yo soy incapaz de robar! —protesta Rollo.

—Interesante declaración —digo—. ¿Y quién se llevó el proyecto Milagro del armario del señor Jenkins? ¿El trabajo escolar que todos los de nuestro curso querían copiar?[4]

---

4. Otra referencia a mi famoso tercer volumen *De Sastre & Total. Aquí estoy.* De verdad que deberías leerlo.

—¡Lo de llevarme el proyecto Milagro fue un accidente!

—Será mejor que no sigas hablando, Rollo Tookus. O tendré que leerte tus derechos. Con o sin fruta en la cabeza.

De pronto se oye un enorme lamento.

—¿Qué ha sido eso? —pregunta Rollo.

—Mi oso polar. Creo que se le ha acabado la temporada de *Gran Hermano Ártico*.

»Tengo que dejarte, Rollo. La fiera abandonada podría destrozar toda la habitación.

Cuelgo el teléfono y veo cómo Total estira la sábana y esconde la cabeza dentro en señal de duelo.

Sábana →

En lo profesional, estoy muy enfadado con el oso, porque ha traicionado la agencia y ha abusado de nuestra relación contractual con la única intención de asegurarse una vida entera de comodidades animales.

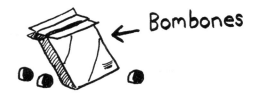

← Bombones

Pero en lo personal soy consciente de que los dos tenemos una historia en común. Y una amistad que supongo que no debería haberse visto comprometida por los negocios.

Así que lo tranquilizo.

Lo llevo a la cama desprovista de sábanas.

Y le doy de comer los últimos bombones.

CAPÍTULO 24

En todas partes cuecen habas y en Chicago, alubiadas

Molly Moskins no calla.

—Mi prima Mimi tiene quince años y hace siempre lo que quiere, y mañana la veremos porque vive aquí, en Chicago. Se porta fatal. Me muero de ganas verla.

Me veo obligado a escuchar su parloteo porque estoy sentado a su lado en la mesa.

Es verdad que es mejor que estar sentado al lado de su padre. Y mejor que estar sentado al lado de Moco, al que, por su comportamiento en el museo, se ve que lo han castigado viniendo a comer aquí, a un garito de pizzas donde se anima a pintar en las paredes.

Y es mejor que estar sentado al lado de mi madre y Dave el Portero, quienes, sin el menor sentido de buen gusto o dignidad, hacen manitas mientras comen.

—¡Además, mi prima Mimi tiene un novio en Denver! —sigue hablando Molly—. ¿Te lo puedes creer? Su familia le prohíbe tener novio, pero ella no se lo dice y no lo saben. Se ve que una vez lo visitó y todo. ¿A que es fantastipendo?

Molly deja de hablar.

Es un alivio. Como una brisa fresca en un tórrido día de verano.

—¿Qué te pasa, Timmy?

—Me estoy concentrando, Molly Moskins.

—¿En qué?

—En varias cosas profundas. Y la verdad es que no me interesa para nada tu prima de Denver.

—Es de Chicago. El de Denver es el novio.

—Me da igual, Molly Moskins. Solo quiero pensar. Soy un detective. Así es cómo llevo el pan a casa.

Al oír lo del pan, Molly se come la última corteza de pizza del plato.

Miro por la ventana.

Y veo un parque.

—Es el Parque del Milenio —dice—. Es precioso. En verano dan conciertos. Y tienen una alubia plateada gigante donde todo el mundo se ve reflejado.

Alubia PLATEADA GIGANTE

»Bueno —añade—. Ahora dejaré de hablar para que te puedas concentrar en eso del detective.

No respondo.

Molly se gira hacia el otro lado, hacia su madre.

—¿Puedo comer otro trozo de pizza? —le pregunta.

Su madre está haciendo algo con el teléfono y no le contesta.

Pero su padre sí.

—Ya has comido suficiente, Molly, que no eres un caballo.

Y de pronto se hace el silencio en la mesa. Solo se oye el ruido que hace el cuchillo del señor Moskins al cortar la pizza. Y el que hacen los dedos de la señora Moskins sobre la pantalla de su móvil. Y el que hace el lápiz de Moco por la pared.

Y una voz.

—¡Quiero ver esa alubia ahora mismo, Molly Moskins!

Es mi voz. A mi boca se le ha ido temporalmente la cabeza.

Molly abre mucho los ojos.

—¿Me dejas ir, mamá, por favor? —le ruega a su madre—. ¿Me dejas? ¡Está al otro lado de la calle! ¡Timmy me acompaña!

Su madre alza la vista del móvil y mira hacia su marido, que no dice nada.

—Vale, cariño —dice devolviendo la vista al móvil—. Pero no os separéis. Y quedaos donde yo os pueda ver.

—Timmy, cuida de Molly —añade mi madre.

Salimos del restaurante y Molly va saltando, brincando y hablando.

Molly habla como si estuviéramos en la cuenta atrás hacia un futuro sin palabras y tuviera que gastarlas todas antes.

Pero yo escucho. Y escucho.

Y escucho.

Porque los detectives somos hombres duros, pero decentes.

Al acercarnos a la alubia gigante, me escapo un momento para ponerme debajo. Y mirar hacia arriba, hacia la enorme curva de la legumbre.

Y me veo reflejado.

Alto y estirado.

Como si fuera un adulto.

Rodeado por extraños en el parque.

Y cuando Molly se reúne conmigo bajo la alubia interrumpo su monólogo para decir solo una cosa:

—Quiero largarme.

CAPÍTULO 25

Ascensor a la libertad

Cuando volvemos al hotel después de comer, el conserje nos dice que han dejado un mensaje para nuestra habitación.

—De un señor llamado Rollo Tookus —dice.

—Será para ti —dice mi madre, con Dave el Portero a su lado.

—He intentado escribir todo lo que me ha dicho —dice el conserje—, pero había partes difíciles de entender. He puesto interrogantes donde no estaba seguro.

Me da la nota.

Para: **TIMMY DE SASTRE**

De: **ROLLO TOLOCUS (?)**

MENSAJE IMPORTANTE

Asunto: *He intentado decírtelo antes, pero no me escuchabas. En la última reunión de Yupi Yapi (?)... la persona a la que vi... era Gorrina (?) Gorrina.*

—¡Por Dios! —grito.
—¿Estás bien? —pregunta mi madre.
Me aparto un poco y sigo leyendo la nota.

Yo mismo habría ~~entrerogado~~ interrogado a Gorrina, pero no puedo. Está con su padre de vacaciones en algún hotel <elegante> (?) de Chicago.

—¡CORRINA CORRINA ES UNA FUGITIVA DE LA LEY! —declaro.

Mi madre me tapa la boca y me susurra:

—Timmy, estás en el vestíbulo de un hotel. Contrólate.

El conserje mira hacia otro lado.

—Mamá, quiero volver a mi habitación ahora mismo. Necesito estar solo para poder pensar.

—Timmy, la habitación la compartes con Molly y Micah. Y los Moskins han salido del restaurante justo detrás de nosotros. Seguro que están a punto de lleg...

—¡Con dos minutos me basta! —la corto.

Me lleva de la mano hasta el ascensor. Dave nos sigue.

—No hace falta que me lleves de la mano.

Pero no me suelta.

Con la otra mano llama al ascensor. Y luego se arrodilla a mi lado.

—Timmy, sé lo mucho que aprecias tu trabajo de detective. Y me parece fantástico, de verdad. Pero vamos a estar solos tú y yo, y vamos a hablar.

Se abren las puertas del ascensor.

—Podemos hablar en casa, mamá.

—No, Timmy, aquí.

Las puertas del ascensor empiezan a cerrarse, pero Dave el Portero las sujeta.

—Vamos a perder el ascensor, mamá.

—Timmy —dice.

—El portero nos está sujetando las puertas, mamá.

—Tienes veinte minutos —me dice—. Y luego bajarás al vestíbulo y tú y yo hablaremos. O me enfadaré mucho.

Entro corriendo al ascensor.

Y pulso el botón de mi piso.

Y se cierran las puertas.

Mientras subo, miro por las paredes de cristal del ascensor hacia el patio interior del hotel. Y hacia mi madre y Dave el Portero.

Que desaparecen lentamente de mi vista.

Y ya no están.

CAPÍTULO 26

Autobusando la ciudad

Como no tengo mucho tiempo para contaros la siguiente parte, seré breve.

Corrina Corrina es tan mala que le cortaría la cola a un castor para hacerse un zapato.

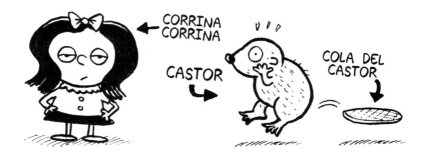

CORRINA
CORRINA

CASTOR

COLA DEL
CASTOR

Corrina Corrina es ruin y diabólica y ma-
nipuladora y amoral y dañina y retorcida y pér-
fida y depravada y malévola y perversa y desho-
nesta y corrupta y tramposa y vil y despiadada
y mezquina y maloliente y, al parecer, un día le
di un beso.[5]

Ya lo he dicho todo y ahora me queda poco
tiempo.

De manera que resumo:

Corrina Corrina robó el dinero.

---

5. Esto último lo afirma Rollo Tookus. Es una mentira
descarada e injuriosa. Y, si fuera verdad, yo por supuesto
diría que no lo es. En cualquier caso, tranquilo todo
el mundo, que no es verdad.

EL DINERO

Y yo pienso encontrarla y recuperar el dinero o no me llamo De Sastre.

Y eso significa ir adonde ella vaya.

Por eso, cuando mi madre vaya a mi habitación del hotel...

516

...no podrá enfadarse conmigo

Porque ya me habré ido.

CAPÍTULO 27

Molly and Tim, qué linda parejita, tan joven y bonita pero tan ~~malvada~~ bondadosa

Pero una persecución por la ciudad se hace mal a solas.

Por eso, igual que Meriwether tenía a Clark…

TIPO CON NOMBRE RARO

CLARK

y la maleante Bonnie tenía a Clyde…

… el detective De Sastre tiene a Moskins.

No daré los detalles de (1) por qué me he dejado
convencer para llevarla conmigo o (2) cómo hemos
escapado atravesando la ciudad en autobús.

Porque, si hay una cosa que un detective no comparte con nadie es su método de escape.

Hay vidas en juego.

El caso es que:

Molly y yo hemos ganado la libertad.

Yo para buscar a Corrina Corrina. Y ella para ser testigo de mi grandeza.

—Muchos grandes detectives han tenido que recurrir a personajes turbios para que les ayuden a encontrar a los malos —le digo a Molly—. Nadie mejor que un delincuente para saber qué piensa otro.

—Es verdad —dice Molly—. ¡Yo te puedo ayudar mucho!

Asiento con la cabeza.

—Somos como Bonnie and Clyde —dice—. Pero, en lugar de maleantes, somos bueneantes. O como sea el contrario de maleantes.

—Sí, Molly. Y recuerda: nuestro primer objetivo es recuperar el dinero, pero el segundo es proyectar grandeza. La grandeza es el lema de mi agencia de detectives y ese es el mensaje que vamos a extender por las calles de la ciudad.

—¡En eso estaba pensando! —contesta.

—A ver, la única información valiosa que nos ha dado Rollo es que Corrina Corrina está en un hotel elegante. Tendremos que comprobar todos los de la ciudad.

—¿Por dónde empezamos?

—Por este —le digo mirando un folleto que he encontrado cerca de la parada del autobús—. Se llama Drakoniano.

—¡Suena muy bien! —dice Molly.

—Sí —contesto—. Pero antes tengo que hacer una llamada.

CAPÍTULO 28

El curricomodín de la llamada

—Hola, soy Timmy —digo desde el primer teléfono público que encuentro.

—Ay, Timmy, ¡cuánto te he echado de menos!
—me dice mi tía abuela Escurri.

SU NOMBRE REAL ES CURRI DORA

    —¿Qué ocurre? —pregunto—. Tienes voz de enferma.

    —¡Bah! Yo siempre estoy enferma —contesta—. Pero los médicos no se enteran. Soy vieja, nada más. ¿Dónde estás?

    —En ruta. Con mi nueva socia, Molly Moskins. Es una delincuente, pero mostraré lenidad a cambio de su colaboración.

    —Pues me alegro mucho, Timmy, aunque no sé muy bien qué significa eso.

    —Es argot de detectives, tía Curri. Pero tengo poco tiempo y te quiero pedir un favor.

—¿De qué se trata?

—Bueno, como eres una especie de socia honoraria de mi agencia, pues he pensado que te podría encomendar una misión altamente delicada.

—¡Ah, suena muy emocionante! Pero ¿qué tengo que hacer?

Miro a los desconocidos que hay cerca del teléfono público y me acerco más al auricular.

—Solo decirle a mi madre que estoy bien.

Se queda callada.

—¿No está contigo?

—No. Pero todo va bien. Estoy con gente.

GENTE
(DESCONOCIDOS, SÍ,
PERO GENTE AL FIN
Y AL CABO)

—¿Con quién estás? —pregunta.

—Tengo que volver al autobús, tía Curri.

—Vale. ¿Adónde vas? —dice.

—Tengo que irme.

—Timmy, voy a...

—¡Te quiero, tía Curri! ¡No olvides la misión! ¡Adiós!

Cuelgo el teléfono y corro con Molly hacia el autobús.

—¿Por qué no llamas tú mismo a tu madre? —me pregunta mientras corremos.

—Piensa, Molly Moskins.

—No se me da bien pensar —contesta.

Subimos de un salto al autobús justo antes de que se cierren las puertas y nos sentamos al fondo.

Bajo la voz.

—Porque tendrá el teléfono intervenido, Molly Moskins. Y, si la llamo, la policía sabrá exactamente desde dónde he llamado.

—¡Aaah! —contesta cuando por fin lo pilla—.

Y entonces nos atraparían antes de que nosotros pudiéramos atrapar a Corrina Corrina.

—Exacto —digo.

—¡Sería una injusticia! —exclama Molly—.
¡Nosotros somos los bueneantes! ¡Los buenos!

—Sí —le contesto—. El mundo está bien zumbado.

Desafiante, rebusca en su mochila y saca lo que parece un jersey viejo.

En el que ha escrito algo.

Algo que tal vez no acabará con este mundo loco. Pero que demuestra que al menos lo intentaremos.

CAPÍTULO 29

Oso a la fuga

Nosotros dos no fuimos los únicos que nos escapamos de aquella habitación de hotel.

Porque al final ha resultado que en el hotel no era todo gratis.

El minibar. El servicio de habitaciones. La tele a la carta.

Todo costaba dinero.

Y cuando han ido los del hotel a cobrar la factura exorbitante, mi exsocio ha saltado por la ventana y ha huido por la escalera de incendios.

Lo que ya nadie sabe es cómo ha logrado encontrarnos en la otra punta de la ciudad.

Supongo que tiene algo que ver con lo de que es un oso polar. Y que un oso polar puede oler a una foca a una distancia de más de treinta kilómetros.

Imagínate entonces un autobús con el olor de las sesenta personas metidas en él.

Total, que ya estábamos los tres juntos.

Uno escapándose de la justicia. Los otros dos corriendo para aplicarla.

Y, después de atravesar toda la ciudad, estábamos justamente donde teníamos que estar.

CAPÍTULO 30

Un portero en el camino me enseñó que mi destino era llorar y llorar

—Bienvenidos al Drakoniano —dice un portero orejudo—. ¿Os puedo ayudar en algo?

—Estamos buscando un hotel —contesto.

—Pues ya lo habéis encontrado. ¿Habéis venido con vuestros padres?

—No —digo—. ¿Por qué?

—Pues porque para poder registrarse en el Drakoniano hay que ser mayor de edad.

Molly Moskins da un paso adelante.

—Nosotros estamos buscando a Corrina Corrina —dice.

—¿Se aloja en este hotel? —pregunta el portero.

—Es una malhechora —respondo—. Y no sabemos dónde puede estar.

—Se llevó el dinero para los libros de Yergi Plimkin.

—¿Quién es Yogui Plimkin? —pregunta.

—Yogui no, Yergi —dice Molly—. Es un niño desamparado.

NIÑO
DESAM-
PARADO →

—¿Y este sí que se aloja aquí? —pregunta el portero.

—Claro que no —intervengo—. Si el pobre chaval no puede comprar libros, ¿cómo quiere que pague un hotel como este?

—Pues no sé —dice—, como ni siquiera lo conozco...

—Señor, ¿podría dejar de hablar de Yergi Plimkin? —le ruega Molly—. No tiene libros y me va a hacer usted llorar.

—¡No, por favor! —dice dándole un golpecito en el hombro—. Es que ni siquiera sé de qué va todo esto.

—¡Ni siquiera sabe de qué va todo esto! —gime Molly—. ¡No le importa!

Y, con la rapidez del rayo, se pone a berrear.

—¡Madre mía! —exclama el portero—. Pero ¿qué está pasando aquí?

—¡Mire lo que ha hecho! —regaño al portero—. Ahora la niña no puede parar de llorar. ¿Es este el trabajo de un portero? ¿Hacer llorar a las niñas?

Empieza a agolparse gente en la acera.

—Yo no tenía mala intención —le dice a Molly para tranquilizarla—. Me parece muy bien que ayudéis al tal Yergi.

—¡Ha vuelto a decir su nombre! —grita Molly con histerismo renovado.

—Pero ¿usted de qué va? —le digo al portero incompetente—. Piense antes de hablar.

—¡Madre mía! —exclama mientras saca un pañuelo bordado para secar las lágrimas de Molly.

Mientras tanto, la multitud de mirones no deja de crecer.

—No mire ahora —aviso al portero—, pero su comportamiento ha despertado indignación en la multitud.

Me mira intensamente.

Molly solloza aún más fuerte.

—No pierda la calma —aconsejo al portero—. Tienen la venganza escrita en los ojos.

—Ya vale —me dice—. Gracias, pero no estás siendo de gran ayuda.

Molly eleva su llanto al cielo.

—Está bien, está bien —dice arrodillándose

ante la inconsolable Molly—. Será mejor que entremos los tres al hotel y nos sentemos un ratito en el vestíbulo, en unos sillones muuuy cómodos. Te traeré un poco de agua y...

—¡Por Dios! —me veo obligado a interrumpir—. ¡Mi socia está al borde de un ataque de nervios y todo lo que le puede ofrecer es «un poco de agua»! ¿Qué quiere? ¿Enardecer a la multitud?

Se vuelve hacia mí.

—Mire, señor cómo se llame, no está usted ayudando nada de nada.

Molly empieza a estirarse de los pelos, como si quisiera arrancarse mechones empapados en dolor.

—De Sastre —le respondo tendiéndole mi tarjeta de visita—. Y, como servidor de la ley, le salvaré aunque sea a su pesar.

—No hace falta, de verdad que no—empieza a decir mientras lleva la mirada a la tarjeta y luego otra vez a mí.

Pero yo ya no estoy.

Porque me he subido a su mostrador. Con actitud heroica y noble.

—¡NO LE ARRANQUÉIS LOS MIEMBROS A ESTE POBRE HOMBRE! —grito hacia la horda reunida—. ¡AUNQUE ENTIENDO QUE QUERÁIS HACERLO!

Pero ni siquiera así logro calmar a la incalmable multitud.

Por eso, cuando el portero hace entrar a Molly al vestíbulo, me apresuro a acompañarlos. Pero no sin antes tomar la sensata precaución de mandar a mi personal de seguridad a proteger la puerta principal del hotel.

Un personal que no empuña armas.
Pero sí otra cosa.

CAPÍTULO
31
Suite en Molly menor

—¿Cuánto tiempo crees que podremos estar aquí? —pregunta Molly, ya recuperada y tumbada en el sofá de la suite más grande del hotel.

—Supongo que lo que nos dure la comida —contesto ante la mesa del comedor de la suite llena de todos los dulces y refrescos que nos han podido dar en la tienda de recuerdos del hotel.

—¡Nos han dejado coger de todo! —exclama
Molly agarrando un puñado de bombones.

—¿Tú qué has cogido, Timmy?

—Toda la espuma de afeitar que he podido
—digo—. A los detectives nos crece muy deprisa
la barba.

Molly corre por la suite y su voz resuena como la de un tirolés perdido en las montañas.

—¡Hualaa! Tenemos un dormitorio... y una salita... y un cuarto de baño... y ¡hualaa! ¡Un armario enorme!... y...

Su voz se pierde en la distancia.

Vuelve a aparecer en el comedor.

—Aquí pone: «Disfrutad a rienda suelta de vuestra suite nupcial». ¿Qué significa eso? —pregunta mirando la portada de un folleto.

—A ver —le digo.

—¡No! —dice quitándomelo—. Lo mancharás con espuma de afeitar.

Lo abre. Son todo fotos de mujeres con vestidos blancos y largos y cara de felicidad.

—¡Aaah! ¡Son novios! ¡Novios! ¡Ahora lo entiendo!

Se pone a dar saltos y deja caer el folleto.

—¡Oh, Timmy! —grita—. ¡Es como si estuviéramos CASADOS!

Gira eufórica sobre sí misma.

—A ver —digo mientras recojo el folleto del suelo.

Lo miro y veo la foto de una mujer con un vestido blanco y largo. Está con un hombre con esmoquin negro. Y los dos están sobre un caballo.

—¡Molly Moskins! ¿Es que nunca entiendes nada? —le grito—. ¡Es un caballo!

Molly mira la foto.

—¿Y qué?

—Pues que por eso te habla de la «rienda». Las riendas son las cuerdas que se usan para controlar el caballo.

RIENDA

—¡Aaaah! —exclama cuando por fin ve la luz—. ¿Estás seguro?

—No me insultes, Molly Moskins. Estoy seguro de todo lo que digo.

Entra en el dormitorio y salta sobre la enorme cama.

—Y entonces ¿por qué esta cama tiene forma de corazón?

Entro en el dormitorio tras ella y miro la gigantesca cama con forma de corazón.

—Molly —murmuro—, ¿esto también te lo tengo que explicar?

—Pues creo que sí.

—Es porque el corazón representa amor —digo—. Y los humanos amamos a los caballos.

—¡Aaaaah! —vuelve a exclamar—. Eso no lo había pensado.

Se queda mirando el folleto.

—Entonces ¿qué se hace cuando se tiene la suite nupcial?

Nos miramos los dos.

Y, por una vez, pensamos lo mismo.

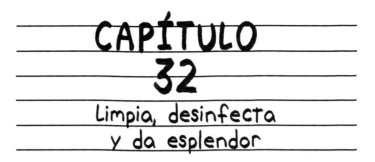

CAPÍTULO
32
Limpia, desinfecta y da esplendor

—¡Queremos un caballo! —le gritamos a la camarera de habitaciones.

Se nos va un poco la cabeza de tantos dulces que hemos comido.

La camarera está en el umbral de la habitación de al lado, con la puerta abierta y el carrito de limpieza ocupando medio pasillo.

—¿Quiénes sois? —pregunta.

—Somos bueneantes —contesta Molly—. Como Bonnie and Clyde, pero al revés.

—¿Tenéis nombre?

—Yo soy el detective Timmy De Sastre y esta es la malhechora Molly Moskins. Solo estoy con ella porque se ha comprometido a rectificar su conducta mercenaria y a colaborar en la detención de Corrina Corrina.

—Claro —dice la camarera.

—Y necesitamos un caballo para poder capturarla —añade Molly.

—Parece bastante lógico —contesta la camarera mientras arroja toallas sucias a la bolsa que lleva en una punta del carrito.

—Sí, pero ¿nos va a ayudar a encontrar un caballo o no? —le pregunto.

La camarera mira a un lado y otro del pasillo.

—Bajad la voz —susurra.

—¿Por qué? —pregunta Molly—. Estamos en la suite nupcial. Tenemos derecho a un caballo.

La camarera se agacha hacia nosotros.

—Porque estáis hablando con Katy Kiwi-karateka —susurra.

La miro incrédulo.

—Denos más detalles —digo.

—No —contesta.

—Por favor —insisto.

—Ya he dicho demasiado —responde.

—Puede confiarnos su secreto —le digo para tranquilizarla—. Le doy mi palabra como hombre y como servidor de la ley.

—Creo que ahí está el problema —dice ella.

—¿Dónde? —pregunto.

—En que eres poli —dice con una sonrisa de desdén.

—¿Y qué? —replico—. Es una profesión muy noble.

—Sí, claro... —se burla—. Pero yo trabajo fuera de la ley. Por el bien de todos.

—¡Hala, hala! —exclama Molly—. ¿Significa eso lo que creo que significa?

—No significa nada —dice la camarera mientras ordena las botellitas de champú de la bandeja del carrito.

—¡Hala, hala! —vuelve exclamar Molly—. Sí que significa algo.

—¡Que no! —dice la camarera—. Déjalo. No he dicho nada.

—¡No pienso dejarlo! ¡No pienso dejarlo! —contesta Molly.

—¿Alguien me quiere explicar qué está pasando? —grito.

Molly me agarra por los hombros.

—Timmy —dice cogiendo aire y abriendo mucho los ojos—, ¡Katy Kiwikarateca es una superheroína que lucha contra el crimen!

SUPERHEROÍNA QUE LUCHA CONTRA EL CRIMEN

—¡Baja la voz! —pide la camarera.

—¡Tonterías! —grito yo.

—¿A que sí? —pregunta Molly entusiasmada tirando del uniforme de la camarera—. ¿A que sí? ¿A que sí?

La camarera baja la cabeza.

—Quizás —murmura—. Pero solo utilizo mis superpoderes mágicos para hacer el bien. Y no pienso decir nada más.

—¡Hala, hala… HALA! —dice Molly ahogando un grito y mirándome alucinada—. Timmy, ¡puede conseguirnos un caballo! ¡Puede conseguirnos un avión! ¡Puede conseguirnos lo que queramos!

—¡A ver, a ver, un momento! —proclamo interrumpiendo el festejo amoroso—. Escuche, Katy Cara que Toca o cómo se llame. A una niña pequeña e ingenua la podrá engañar, pero a un detective experimentado como yo, no. Si tan mágica es, ¿por qué no lo demuestra?

La camarera me lanza una mirada ofendida.

Y luego cierra los ojos.

—¿Qué hace? —le pregunto.

—¡Chis! Tengo que concentrarme.

—¿Concentrarse en qué? —pregunto.

—Ahora mismo —dice—, mientras estamos los tres aquí en este pasillo, estoy envolviendo un váter con una cinta de papel.

—¿Dónde? —pregunto—. ¿Qué váter?

—En la habitación que tienes detrás, la de la puerta abierta —contesta sin abrir los ojos.

—¿Qué clase de cinta? —le presiono.

—Una cinta de papel —responde.

—Eso ya lo ha dicho antes —le corto—. ¡Concrete!

La camarera piensa un momento.

Y luego contesta.

—Una cinta de papel que pone DEBIDAMENTE DESINFECTADO.

No me muevo.

—Ve a comprobarlo —le digo a Molly sin dejar de mirar a la camarera—. Yo no pienso perder de vista a esta mujer.

Molly entra corriendo en la habitación.

Y sale con la boca abierta de par en par y las manos en la cabeza.

—¡Es verdad! —dice casi sin aire.
Entro a comprobarlo en persona.
Y es tal como ha dicho la camarera.

Regreso al pasillo.

—En efecto. Decía usted la verdad, Katy Kiwikarateca —confieso.

—Llámame Kiwi —contesta la camarera con solemnidad.

—Kiwi —repito—. Y perdone mi escepticismo inicial. Soy detective, viene con la placa.

—Lo entiendo —contesta Kiwi—. Ahora dejadme que limpie esta habitación antes de que alguien nos oiga hablar de superhéroes y lucha contra el crimen y caballos. Porque hay espías por todas partes. Y revelaríais mi tapadera.

—Por supuesto —contesto con suma discreción—. Pero permítame que le invite a formar una alianza. Una alianza por la que nosotros le daremos nuestra experiencia como servidores de la ley. Y usted nos dará un caballo.

—¡Porque no hay nada imposible para Katy Kiwikarateca! —declara Molly Moskins—. ¡Y queremos un caballo para ir deprisa!

—Creo que te entiendo —dice una voz detrás de nosotros.

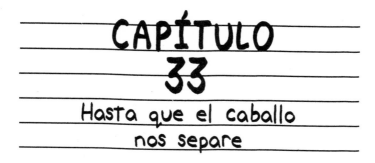

CAPÍTULO 33

Hasta que el caballo nos separe

—Ejem, quería decir que... ¡queremos jugar al caballo! —dice Molly saltándome a la espalda mientras Kiwi se escurre discretamente a la habitación de enfrente.

—¡Arre, arre, caballito! —canta Molly dándome patadas en las costillas.

Es una humillación terrible y un ataque a la dignidad de un detective, pero ahora mismo forma parte de la misión.

Porque de pronto nos hemos encontrado frente a dos espías en potencia.

Y son viejos.

—Vosotros a lo vuestro —dice el señor—. Solo somos un par de vejestorios que pasaban por aquí.

—Calla, Peter —dice la señora.

—Pues nosotros solo estamos jugando al caballito —dice Molly subida a mi espalda—. Y no hacemos nada sospechoso.

Me pongo en pie y hago caer a Molly sin contemplaciones.

—Discúlpenla —interrumpo—. La muchacha tiene una tendencia incurable a hablar sin sentido. Aquí no hay nada que ver, hagan el favor de circular.

El anciano sonríe.

—Pues al menos a mi me parece que os lo estáis pasando mucho mejor que nosotros —dice—. Hemos venido para algo muy poco divertido.

—¿Y qué es? —pregunta la pesada de Molly Moskins.

—No le hagáis caso —dice la anciana—. Nos lo estamos pasando muy bien. Hemos venido a celebrar nuestro aniversario de boda.

—¡Aniversario de boda! —exclama Molly—. ¡Nosotros estamos en la suite de las bodas!

—¡Vaya, pues muchas felicidades! —dice la señora.

—La suite de las riendas —les corrijo.

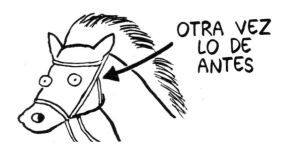

OTRA VEZ LO DE ANTES

—Ah —contesta la señora.

—¿Y ustedes cuánto tiempo llevan casados? —les pregunta Molly.

—¿Tú cuánto dirías? —le dice el anciano.

—¿Cien años? —prueba Molly.

—Pues la verdad es que lo parece —contesta él.

Su mujer lo niega con la cabeza.

—Lo dice en broma, cariño. Nos presentamos: somos Vivian y Peter y hace sesenta años que nos casamos.

Miro a Molly de reojo y me doy cuenta de inmediato de que está a punto de revelar nuestros nombres.

A dos espías en potencia.

—Encantada, Vivian y Peter —dice—. Yo me llamo Mol...

—¡Molotov! —interrumpo gritando el primer nombre que se me ocurre, que da la casualidad de que es el nombre de una botella que contiene un líquido en llamas y se lanza a los tanques.

CÓCTEL MOLOTOV

—¡Qué interesante! —dice Peter—. ¿Y tú cómo te llamas, jovencito?

Suelto las primeras palabras que veo, concretamente las que leo en un frasco que asoma por el jersey del anciano.

—Vic Vaporups —contesto.

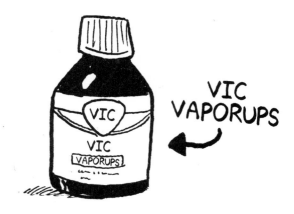

Se nos quedan mirando callados.

Y sonríen.

—Bueno, Molotov y Vic Vaporups, os dejamos jugar —dice el señor—. Si nos necesitáis, estaremos en el vestíbulo, que tardamos una hora en atravesarlo.

Hace una pausa.

—No os hagáis viejos —dice—. ¡Y no os caséis! —susurra.

Miro cómo la pareja pasa ante nosotros. Caminan tan despacio que parece que no se mueven.

La anciana apoya la mano que tiene libre en el hombro de su marido. Él le da un beso en la cabeza.

—Sesenta años —le dice ella.

—Preferiría tener un caballo —contesta él.

CAPÍTULO 34

Lo que faltaba para el Bing-o

—Nadie va a tener un caballo —aclara Bing, el director del hotel.

←BING

Ha venido de visita a nuestra suite. Y ya me he arrepentido de haberle abierto la puerta.

—Mirad, no sé qué es lo que ha pasado antes en la calle, y espero que ya os encontréis un poco mejor, pero en el hotel no os podéis quedar —dice.

—¿Primero nos niega el caballo y ahora esto? —aúlla Molly.

—Mirad, niños, os hemos dejado jugar en el hotel. Os hemos dado todos los dulces que queríais. Pero esto no es una guardería.

—Lo siento, Bing —contesto—. Pero no podemos irnos.

—¿Por qué, si se puede saber?

—Se le ha ido la cabeza —le digo señalando a Molly—. De tanto dulce que le han dado.

Molly se deja caer en el sofá.

—Fantástico —añado—. Se ha desmayado.

—¿Te has desmayado? —le pregunta a Molly.

—Sí —contesta Molly mirándolo.

—Cuando alguien se desmaya no puede hablar —le dice—. Y suele tener los ojos cerrados.

—Pues entonces me estaré callada —dice Molly cerrando los ojos.

Bing se va hacia la puerta y la abre.

—Muy bien, chicos, ya os habéis divertido. Ahora recoged vuestras cosas e id saliendo.

Salto del sofá y corro hasta ponerme entre él y el pasillo.

—¡Nuestros padres han pagado mucho por esta habitación! —grito.

Bing me mira con escepticismo.

—¿Tus padres?

—Sí —respondo.

—Pues Emilio me ha dicho que vuestros padres no están. Tendrás que probar otra cosa.

—¿Emilio? —repito—. ¿Quién es Emilio?

—El portero —dice—. ¿No habrás olvidado ya al hombre al que habéis aterrorizado?

ESTE TIPO →

—Señor, con todos los respetos hacia sus métodos de selección de personal, Emilio es un incompetente. Un inútil de cuidado. Un cabeza de chorlito. Y, sin ánimo de ofender: yo también llevo un negocio y sé lo difícil que es conseguir ayuda de calidad, pero, por favor, despida a ese infeliz antes de que provoque más disturbios.

—Basta —me corta—. No tengo tiempo para esto. Si mi empleado me ha dicho que no están vuestros padres, le creo a él antes que a un niño. Así que ¡vamos, fuera!

—¡ESTAMOS AQUÍ DE VACACIONES DE WINDSURFING CON NUESTROS PADRES! —chilla Molly, que se ha incorporado como un muerto en su tumba.

El director se ajusta las gafas y la fulmina con la mirada.

—Ya me encuentro bien, Bing —dice Molly.

—Querida niña —dice Bing—, ¿de qué me hablas?

—Nuestros padres —contesta Molly— son instructores de windsurf. De hecho, campeones del mundo. Vamos al lago Michigan a hacer windsurf. ¡Si viera qué saltos dan!

¡Es una mentira monumental! Una mentira propia de una gran mente criminal. Y una mentira absolutamente convincente y detallada. Basada sin duda en el folleto que veo que hay sobre la mesa de la salita.

Deslizo el folleto debajo de un jarrón.

—¿Y vuestros padres están alojados aquí en el Drakoniano? —pregunta el director.

—¡Bingo, Bing! —contesta Molly.

—A ver —dice Bing entrecerrando los ojos tras sus gafas metálicas—. ¿En qué habitación?

En ese instante veo cómo Molly duda. Sus pupilas desparejadas se encogen y se agrandan.

Así que decido intervenir.

Intrépido. Rápido. Desafiante.

—¡AHÍ ESTÁN NUESTROS PADRES WIND-
SURFISTAS! —le grito, señalando a las dos primeras personas que veo en el pasillo.

Que se sobresaltan.

CAPÍTULO 35

No hay quien alce al alce

Nadie se ha creído que un hombre de noventa y dos años pudiera hacer windsurf con un andador.

Y por eso nos han sugerido que saliéramos del Drakoniano.

Aunque antes nos hemos encontrado a un viejo amigo en el vestíbulo.

—Eres el peor fugitivo del mundo —le grito
a mi oso polar—. ¿A quién se le ocurre ponerse
de disfraz una cabeza de ciervo? ¿No ves que tu

barriga de oso polar sigue a la vista? ¡Por no hablar de tu gran trasero!

Total intenta taparse el trasero con las manos.

—Además, ni siquiera sé si hay ciervos en Chicago.

—Es un alce —dice Molly.

—Es igual —les digo a los dos—. Vámonos.

Pero el oso-alce se para en mitad del vestíbulo.

—¿Ahora qué? —le pregunto a Total.

Está mirando los dulces que lleva Molly en la mano.

—Vale, sí. Los del hotel nos han dado dulces —le explico—, y también una suite regular de tamaño. ¿Contento?

Total refunfuña.

—Sí, tenía una gran bañera —contesto.

Total se tumba en mitad del vestíbulo.

—¿Y ahora qué haces? —le pregunto.

Total se pone a patalear con pies y manos.

—¿Una rabieta? —grito— ¿Ahora? ¿Solo porque no te has dado un baño en la bañera?

Pero Total no escucha.

Se limita a retorcerse por el suelo.

Y parece un alce mutante en pleno infarto.

—¿Qué pasa, Timmy? —pregunta Molly—. ¿Ocurre algo?

—Tenemos que volver a la habitación.

—¡Pero si nos han echado del hotel!

—Lo sé, Molly —digo entre dientes—. Pero tenemos una emergencia.

—Timmy, ¡nos detendrán! —grita Molly.

—Tengo un plan —contesto.

CAPÍTULO 36

¡Un poco de pasta gasta!

—Vamos a gastar mucho dinero —le digo a Molly Moskins mientras caminamos por las calles del centro de Chicago.

—¡Qué fantastipendo! —exclama Molly—. Pero ¿cómo?

—Con tu tarjeta —le digo—. La que me dijiste que tenías cuando estábamos en el motel.

TARJETA
DE CRÉDITO

—¿Mi tarjeta? —contesta Molly—. Pero mis padres solo me la dejan usar para urgencias.

—Molly, ¡hemos cruzado el país para atrapar a una malhechora! ¡Yo creo que eso cuenta como una urgencia!

—Ahora que lo dices —responde.

Pasamos por delante de una librería que ocupa toda una manzana.

—Wopell —lee Molly Moskins en el cartel—. Fíjate qué sitio, es enorme. ¡Vamos a comprar libros! ¡Kilos de libros! ¡Libros para combatir el crimen!

—¡No vamos a comprar libros, Molly Moskins! Además, yo ya sé todo lo que hay que saber sobre cómo combatir el crimen.

—Pues entonces vayamos a un restaurante para celebrar la cena más elegante y romántica de Chicago —contesta Molly.

—¡No vamos a gastar en ninguna de esas cosas, Molly Moskins!

—Entonces ¿en qué vamos a gastar el dinero? —pregunta.

—Primero en bombones para no sufrir más crisis de Quien Tú Ya Sabes.

QUIEN TÚ YA SABES

—¿Y luego? —pregunta.

—Luego compraremos otras cosas.

CAPÍTULO 37

La ocasión la pintan con peluca

—¿Por qué compramos disfraces? —dice Molly.

—Para poder volver a entrar en el Drakoniano.

—Entonces ¿tú eres Meriwether Lewis? —pregunta Molly.

—Exacto. El tipo con nombre raro.

—¿Y yo soy la mujer que les hizo de guía?

—Correcto —contesto—. Sacaganoséqué.

—Pero ¿por qué tenemos que disfrazarnos de ellos? ¿No puedo ir de gatita?

—Porque, Molly, quedaría un poco raro ver a una gata de metro veinte de altura entrar tranquilamente en el vestíbulo de un hotel.

—Pero esto también quedará raro, ¿no?

—¡No, no quedará raro! Los exploradores Meriwether Lewis y William Clark vinieron aquí.

—No creo que vinieran a Chicago, Timmy. Creo que fueron a Oregón.

—Pero seguro que pararon en Chicago.

—¿Por qué iban a parar en Chicago? —pregunta Molly.

—Para ver a Al Capone —contesto.

—En eso no había pensado —dice Molly.

—Hay muchas cosas en las que tú no piensas. El caso es que la gente de Chicago está acostumbrada a ver personas vestidas así.

—¿De verdad?

—Claro —respondo—. Encajaremos muy bien y cuando entremos en el Drakoniano los empleados ni nos verán.

CAPÍTULO 38

He venido a hablar de mi flecha

—¡No, por favor, dejadme en paz! —dice el portero Emilio.

—No comprendo vuestro hablar, señor —le digo—. Soy Meriwether Lewis.

—De verdad —dice el portero—. Me va a dar un ataque.

—Nosotros aquí no antes —dice Molly intentando sonar como los indios que ha visto en la tele.

—Marchaos, por favor —dice el portero—. De verdad, que no quiero problemas.

—Y no los tendréis, bravo caballero —afirmo—. Somos unas pobres almas que buscan reposo de su travesía por este gran continente. Pregúntome si imagináis esa distancia. Acaso.

—Lejos. Mucho —apunta Sacaganosequé.

—¡Por favor! —dice el portero—. ¿Por qué me hacéis esto? Si se vuelve a producir un incidente como el de antes, perderé el trabajo.

—Dejar pasar a nosotros —dice Molly, poniéndose muy seria—. O yo flecha disparo.

Molly le clava el dedo en los riñones.

El portero da un salto.

—¡Sacaganosequé! —grito—. ¡Venimos en son de paz! ¡Sin amenazar porteros!

—¡Pues eso no me lo habías dicho! —exclama Molly ofendida—. ¡¿Yo qué sabía si esta Sacaganosequé era buena o mala?!

—¡No salgas del papel! —le pido en voz baja—. ¡No salgas del papel!

—¡No quiero! —grita Molly arrancándose la peluca—. ¡Me has ofendido!

—¡No, por favor, no! —suplica el portero—. No, no, no, por favor, no, te lo ruego.

El labio inferior de Molly empieza a temblar.

El portero revuelve frenético su llavero.

—No llores, no llores, no llores, no llores... —va repitiendo.

—Disculpad a la dama —intervengo para poner un poco de calma—. Se ha indispuesto.

—¡Ni siquiera tengo FLECHAS, Timmy! —grita Molly ya en plena rabieta.

—No puede ser, no puede ser —se repite el portero a sí mismo.

—¡Meriwether! ¡La dama ha dicho «Meriwether»! —le afirmo al portero.

—¡Tomad! —grita desprendiendo una llave larga y plateada del llavero—. Pasillo lateral, puerta azul. No os he visto. No hemos hablado.

Agarro a Molly de la mano y salgo corriendo hacia el pasillo.

—¡Que Dios os bendiga, caballero! —grito hacia el portero. Que se dirige apesadumbrado hacia su puesto. Con la cabeza gacha y los ojos cerrados.

Mejor así.

Porque así no tiene que ver quién pasa corriendo ante él.

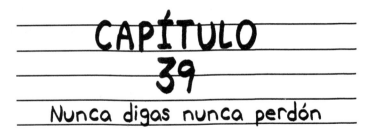

CAPÍTULO 39

Nunca digas nunca perdón

Subimos al piso de antes por la escalera trasera y enseguida vemos una habitación con la puerta abierta.

—¡La camarera la ha dejado abierta! —le susurro a Molly—. Como antes con la habitación que estaba limpiando. ¡Mira, ahí está su carro! ¡Debe de estar en la habitación de enfrente!

Molly sigue haciendo pucheros mientras nos asomamos al pasillo desde la puerta de la escalera.

—Pero no estoy seguro de si la que está dentro es Kiwikarateca —digo—. Podría ser cualquier otra camarera del Drakoniano. No podemos arriesgarnos a que nos vea.

—No te has portado bien conmigo —dice Molly.

—Ahora no, Molly Moskins. Si nos damos prisa, podremos colarnos por esa puerta antes de que la vuelvan a cerrar.

—Me has humillado delante del portero. Y quiero una disculpa.

—Es un momento de la misión muy delicado, Molly. Ahora hay que entrar en esa habitación para instalar la base de operaciones. El cuartel general. El centro neurálgico de nuestra operación de captura de Corrina Corrina, tanto si se esconde en este hotel como en otro.

Me paro a pensar.

—Y necesitamos una bañera para el oso.

—Me da igual —replica Molly demasiado alto—. Quiero una disculpa.

Estoy a punto de invocar su preocupación por Yergi Plimkin, pero temo otra crisis.

Así que trago saliva, consciente de que a veces un detective debe sacrificar su orgullo personal por el éxito de la operación.

—Lo siento mucho, no volverá a ocurrir —le digo muy deprisa.

—¿Por qué no dices «perdón»? —pregunta.

—Es una regla de detectives —contesto—. No podemos decirlo, por imperativo legal.

REGLAMENTO ESTATAL DE DETECTIVES

Artículo 53(B)(2) - DISCULPAS

Un detective no puede decir «perdón». Da mala imagen.

—Pues entonces a mí ya me vale —dice Molly—. No quiero infringir ninguna ley.

—Me alegro —le digo—. Eso significa que te estás rehabilitando.

—Sí, sí —dice—. Pero, ahora que no nos ven ¡vamos a colarnos en esa habitación!

CAPÍTULO 40

Había una vez
una bañera chiquitita

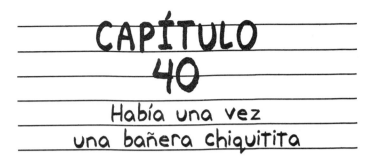

Nos colamos en la habitación abierta sin mayor problema, pero hay alguien que ya se queja.

—No, no es tan grande como la que teníamos en la suite —le explico a mi oso polar—. Pero es lo mejor que puedo hacer en estas condiciones tan arduas.

Total refunfuña y pone los ojos en blanco.

Y eso de los ojos sí que no lo puedo aguantar.

—¡Si serás un patán desagradecido! ¡Acabamos de jugarnos el cuello para traerte de vuelta al hotel! ¡Para que te des tu estúpido baño y te comas tus estúpidos bombones! ¿Y encima te atreves a poner los ojos en blanco? ¡Hasta aquí podíamos llegar! ¡Ahora mismo te vas al baño y te sientas en la taza de pensar!

Total se va a zancadas al baño y cierra de un portazo.

Busco a Molly. Está clavando una chincheta en la pared con uno de sus zapatos.

—¿Y tú qué haces? —le pregunto.

—Colgar una foto de Yergi —contesta.

—¿Para qué? —pregunto.

—Para que nos inspire en la investigación. ¿No dices que esto será nuestro cuartel general?

—Sí, Molly —respondo—. Pero la inspiración es para aficionados, y nosotros somos profesionales. Ahora, por favor, silencio, que tengo que hacer una llamada.

Pero el silencio no llega.

Lo que llega es un grito.

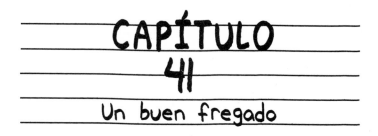

CAPÍTULO 41

Un buen fregado

Es Kiwi.

Estaba tan tranquila limpiando la habitación de enfrente con los auriculares puestos.

Hasta que alguien ha entrado en busca de una bañera mejor.

Asustado, Total ha vuelto corriendo a nuestra habitación.

Y al cabo de un segundo ya teníamos encima una Kiwi echando humo.

—¿A vosotros quién os manda colaros en esta habitación? —gruñe Kiwikarateca.

—Luchamos contra el crimen —contesto—. Como usted.

—Yo estoy limpiando una habitación.

—Está haciendo ver que limpia una habitación —dice Molly Moskins.

—No. Estoy limpiando una habitación de verdad.

—No tiene que seguir diciendo eso —contesta Molly—. No le contaremos a nadie su secreto.

—Niños —dice—: tenéis que volver con vuestros padres, que no sé en qué habitación están. Aquí no podéis quedaros.

—No estaremos mucho tiempo —le digo a Kiwi—. Lo justo para encontrar y detener a Corrina Corrina.

—Para que Yergi pueda comprarse libros —añade Molly señalando a Yergi en la pared.

—Lo que queráis, pero esta no es vuestra habitación —contesta Kiwi.

Molly se pone a su lado:

—Pero puede serlo si usted quiere, Katy Kiwikarateca. Con sus superpoderes puede conseguirlo todo.

—Cariño, no soy Katy Kiwikarateca. Me llamo Talia y solo soy una limpiadora.

—¡Ah, sí! —exclama Molly—. Ya había oído hablar de esto.

—¿De qué? —pregunta Kiwi.

—De los bajones que les dan a los superhéroes. En las pelis los llaman la Noche Oscura.

—¡Pero yo no lo soy! —protesta Kiwi.

—Yo también creía eso —digo— hasta que la he visto realizar el Milagro del Envoltorio de la Taza del Váter.

—¡No ha sido ningún milagro! —grita Kiwi frotándose la frente.

—Todo irá bien, Katy Kiwikarateca —dice Molly—. Recuerde: la Noche Oscura.

—¡Madre mía! —exclama Kiwi dejándose caer sobre una de las camas—. Me rindo.

—Venga, ánimo —dice Molly Moskins dándole palmaditas en el hombro—. Es usted noble y valiente.

Kiwi se sujeta la cabeza con las manos.

—Oídme bien —dice entre dientes—. Ahora voy a salir y voy a terminar de limpiar la habitación de enfrente. Podéis quedaros jugando un rato. Pero, cuando acabéis, tenéis que volver a vuestra habitación con vuestros padres. Y, por favor, no revolváis nada. No quiero tener que volver a limpiar esta habitación.

—Gracias, Kiwikarateca —dice Molly.

Kiwi va hacia la puerta con paso cansino.

—¡Kiwikarateca! —la llama Molly cuando estaba a punto de salir.

—¿Ahora qué? —contesta Kiwikarateca.

—Solo una cosa más.

—¿Qué?

—Cuando hace sus hazañas mágicas de superheroína, ¿cómo lo hace?

Kiwikarateca suspira.

—Tengo una varita mágica, cariño.

—¡Lo sabía! ¡Tiene una varita mágica! —dice Molly tapándose la boca—. ¿Podemos verla? Si no es top secret o alguna cosa de esas...

Kiwi sale de la habitación y vuelve con algo en la mano.

—¡Tachán! —dice agitando su varita mágica frente a Molly—. ¿Contenta?

Molly está tan impresionada que apenas puede hablar.

No como yo.

Yo estoy centrado.

En cuanto Katy Kiwikarateca abandona nuestro cuartel general, yo ya sé cuál es mi siguiente paso.

CAPÍTULO 42

Hundir la prota

—Necesito más información sobre Corrina Corrina —le digo a Rollo Tookus por teléfono.

—¡Timmy! ¿Dónde estás? —pregunta Rollo—. ¡Tu madre ha llamado a la mía! ¡Están todos muy nerviosos!

—No tengo tiempo para la histeria, Rollo. Necesito más información sobre Corrina Corrina.

—¡Ay, Dios mío! —gimotea—. ¿Está Molly contigo?

—No puedo entrar en detalles, Rollo.

—¡Hola, Rollo! —dice alegre Molly, que estaba escuchando por el teléfono del baño.

—¡Molly, cuelga! —grito hacia el cuarto de baño.

—¡Está contigo! —exclama Rollo—. ¡Dios mío! ¡Dios mío! ¡Dios mío!

—¡Calla y escúchame, Rollo Tookus! —grito al auricular—. ¡Estoy a punto de resolver el caso más gordo de nuestra generación! ¡Pero no tengo mucho tiempo! Necesito información. ¿Dónde se aloja Corrina Corrina?

—¡Dios mío! —exclama—. ¿Dónde estáis vosotros?

Molly se me adelanta en la respuesta:

—¡Estamos en el...!

Pero su voz se corta de golpe.

Corro al cuarto de baño.

Y la encuentro hundida en la taza del váter.

—Estaba sentada en el váter y me he caído dentro.

Pero yo sé perfectamente que no se ha caído.

Alguien la ha empujado.

Concretamente, un exsocio que ha sabido reaccionar a tiempo y salvarnos el pellejo.

—Te debo una —le digo al grandullón mientras recojo el teléfono del suelo.

—¡Timmy! ¡Timmy! ¿Sigues ahí? —pregunta Rollo.

—Sí, sigo aquí —contesto.

—¡Pero no por mucho tiempo! —dice Molly arrancándome el teléfono de las manos.

—¡Espera! —grita Rollo.

—¿Qué haces? —le pregunto a Molly.

—Esto —dice, y cuelga el teléfono.

—¿Cómo? ¿Por qué? —pregunto.

—Porque —contesta— yo sé dónde está Corrina Corrina.

CAPÍTULO 43

Atrapa a una Corrina

El dramático anuncio de Molly diciendo que conoce el paradero de Corrina Corrina solo se ve ligeramente enturbiado por el lugar desde donde lo hace.

—¿Qué quieres decir con que tú sabes dónde está? —pregunto.

—Me he acordado de repente, al caerme dentro del váter —dice.

—¿De qué te has acordado?

—De que, justo antes de acabar el cole, Corrina Corrina me contó adónde iba a ir de vacaciones con su padre.

MALVADA

MOLLY

—¿Y te dijo el nombre del hotel?

—Sí —responde—. Palmeras al Viento. Me acuerdo porque me pareció muy bonito.

Estoy tan contento que podría besarla, abrazarla, decirle: «Buen trabajo».

Pero antes tengo que sacarla del váter.

—Molly, estamos ante el momento cumbre de la historia de los detectives.

—¿De verdad? —dice empapada de agua del váter.

—Sí —contesto—. Has contribuido a resolver el caso más gordo de mi generación.

—¡Ay, Dios mío! —exclama sonando de pronto como Rollo—. No sé qué decir.

—No tienes que decir nada —le digo—. Ponte ropa seca. Y lávate un poco a lo mejor.

—¿Por qué? ¿Vamos a atraparla?

—Sí —contesto—. Pero antes tenemos que hacer algo igual de importante.

—¿El qué? —pregunta con las pupilas desparejadas dilatadas.

—Vamos a celebrarlo.

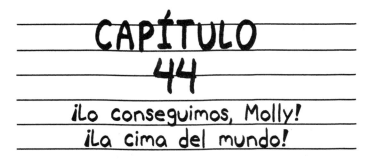

CAPÍTULO 44

¡Lo conseguimos, Molly!
¡La cima del mundo!

Estamos a treinta pisos de altura en el restaurante más elegante y romántico de Chicago.

Y Molly huele a uva.

—¿Qué es ese olor tan raro? —pregunto.

—Es mi crema nueva. La he comprado en la tienda de regalos del hotel. Era cara, pero me encanta. ¿Qué te parece?

—Creo que hueles a jalea de uva. Si te pongo mantequilla de cacahuete en la nariz, olerías a sándwich.

SÁNDWICH

—Es la cosa más romántica que me has dicho nunca —dice Molly tapándose la boca.

—No te emociones, Molly Moskins. Esto es una cena profesional. Un agradecimiento por tu gran labor.

—¡Pero mira qué vistas! —dice—. ¡Es tan romántico! ¿Bailamos?

—No es romántico —replico—. Y no, ¡no bailamos! He elegido este lugar porque es simbólico.

—¿Simbólico de qué?

—¿No lo ves?

—No —contesta Molly.

—¡Que hoy estoy en la cima del mundo de los detectives! —declaro.

—¿Y yo también? —pregunta.

—Bueno, has sido de mucha ayuda —contesto—. Y eso se ve recompensado.

Molly sonríe.

—Gracias, Timmy De Sastre. No me invitan nunca a cenas como esta.

Se nos acerca un camarero con chaqueta roja y pajarita negra.

—Disculpen, ¿los señores ya han decidido? —pregunta.

—Sí —contesto—. Yo tomaré ensaladilla rusa y tortilla francesa.

—¡Hala, qué internacional! —dice Molly batiendo palmas.

—¿Y la señorita? —pregunta el camarero.

—Quiere los espaguetis más caros que tenga —respondo—. Y no se corte con el precio. Tenemos tarjeta.

Le enseño la tarjeta de Molly.

El camarero asiente con la cabeza.

—Y ninguno de los dos pintará las paredes —añade Molly.

—Estupendo —dice el camarero y se va.

—Eso no hacía falta que se lo dijeras, Molly Moskins. Eso se da por hecho en establecimientos tan respetables como este.

—Bueno, quería que viera que yo también soy sofisticada —me dice.

Molly contempla el té con hielo que se está tomando y luego la silueta de Chicago.

Yo aprovecho la ocasión para hablar de trabajo.

—Debería prepararte para lo siguiente que haremos —le digo.

—¿Sorberemos juntos mis espaguetis como en *La dama y el vagabundo*? —dice entre risas.

—NO, Molly Moskins, estoy hablando en serio.

—Yo también —dice con un guiño—. Vale, ¿qué es lo siguiente?

—Bueno, como ya habrás imaginado, la detención de Corrina Corrina ocupará mañana casi todas las portadas. Docenas de periodistas. Cientos de cámaras. E imagino que tu experiencia en relaciones públicas es limitada.

—Pues no lo sé —dice—. ¿Qué es eso?

—Tratar con la prensa —contesto—. Los fotógrafos. Los paparazzi son muy insistentes.

—¿Todos me harán fotos a mí? —pregunta.

—Todos me harán fotos A MÍ —le digo—. Pero tú puedes salir de fondo.

Molly reflexiona.

—Seguro que quieren sacar fotos de mis ojos tan bonitos —dice enseñando sus pupilas tan extrañamente desparejadas—. Creo que debería ponerme delante.

LO QUE ENTIENDE MOLLY POR RELACIONES PÚBLICAS

—¿Y qué pasará después? —pregunta Molly.

—¿Después de qué?

—Después de resolver el caso. Y de que se vayan las cámaras.

—Pues que serás famosa.

—¿Y no tendré que volver?

—¿Volver adónde?

—Con mi familia —dice.

—Bueno, no veo por qué —contesto—. Creo que los famosos también tienen familia.

—Pero no tienen a MI familia —murmura Molly.

Me quedo mirándola, callado.

—No tienen a mi hermano —dice—. Y no tienen a mi padre.

Se calla.

—Y yo no como como un caballo —añade.

Bebo un sorbo de mi zumo de naranja.

—Tú y yo podríamos continuar el viaje —sugiere—. Hasta la siguiente ciudad. Y el siguiente hotel. Y la siguiente investigación. Y nunca tendremos que mirar hacia atrás, ¿entiendes? Porque seremos famosos.

Jugueteo con los sobres de azúcar pero no digo nada.

—¿No quieres hablar? —pregunta Molly.

La miro un momento y vuelvo a bajar la mirada hacia los sobres de azúcar.

—A veces no quiero pensar en el futuro —contesto.

Molly inclina la cara hacia un lado.

—¿Y eso qué significa? —pregunta.

—Significa lo que he dicho.

—Pero no lo entiendo —dice.

—Significa que yo tenía mis motivos para marcharme —contesto—. ¿Vale?

—Para atrapar a Corrina Corrina, ¿no? —sugiere.

—Bueno, sí, esa es la razón principal —digo—. Pero es más complicado.

—A mí me lo puedes contar, Timmy De Sastre.

—No —digo—. Es una tontería. Y yo soy detective.

—¿Y eso qué más da? —pregunta.

—Los detectives no hablamos de según qué cosas.

El camarero vuelve a llenar el vaso de Molly con té helado. Molly espera a que se vaya y luego se inclina hacia mí.

—Esta noche puedes dejar de ser detective —susurra.

Miro los rascacielos que hay tras la ventana.

Y luego miro sus pupilas desparejadas.

Y me llevo la mano al bolsillo.

—Vale. Está bien. Lo he escrito todo —digo.

—¿El qué? —pregunta.

—Lo que oí en el motel DS-Kansakí. Lo que dijo Dave el Portero.

—No sé a qué te refieres —dice.

—Léelo —le digo—. Se explica solo.

Me saco el cuaderno de detective del bolsillo y paso las páginas buscando la nota que escribí en el motel DS-Kansakí.

ESTA
NOTA →

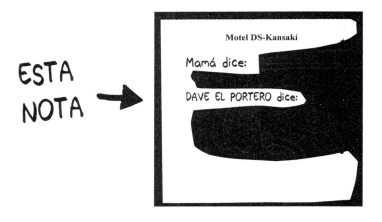

Pero la nota no está. Ni tampoco la parte que recorté.

—No lo entiendo —digo—. La tenía aquí guardada, en mi cuaderno de detective. Se debe de haber caído. O me la han robado. Hay ladrones por todas partes.

—Bueno, me lo puedes decir igual.

Pero en ese momento llega el camarero con la comida.

Y Molly se queda mirando a su enorme plato de espaguetis. Y sonríe.

Y nunca la había visto tan feliz.

—Mañana —le digo—. Hoy no. Esta noche estamos en la cima del mundo.

Extiendo mi vaso de zumo de naranja y Molly brinda con el suyo de té helado.

—Por los mejores espaguetis —dice.

—Por la victoria de los buenos —digo yo.

CAPÍTULO
45

Por donde tú vayas, y pases, yo paso. Y por donde tú gastes, yo te seguiré

—¡Saben todos los sitios donde habéis estado! —grita un Rollo Tookus histérico al teléfono.

estánfor

—Rollo —le digo—, te he llamado desde un teléfono del hotel porque nuestra conversación anterior ha acabado de forma un poco brusca. Y no quería que te preocuparas. Pero una reacción histérica por tu parte sería contraria a mi propósito y deberíamos dejar de hablar.

—Habéis comprado en Disfraces Maltrechos —me interrumpe.

Decido escucharlo.

—A ver, Rollo, dime qué sabes y por qué lo sabes.

—Tu madre se lo ha dicho a la mía. Es por la tarjeta del banco, Timmy. Te pueden localizar cada vez que la utilizas.

Reflexiono. Y veo el peligro que hemos corrido por culpa de la terrible tarjeta de Molly.

—Os están localizando —repite Rollo—. Piénsalo.

Lo pienso.

La tienda de disfraces por los disfraces.

La tienda de alimentación por los bombones.

Y el restaurante por la cena.

Pero solo la hemos utilizado en tres lugares. Y no la volveremos a utilizar.

NUNCA MÁS → BANCO
TARJETA DE CRÉDITO
1234 5678 1234
M. MOSKINS

—¿Y si es un sabotaje? —digo en voz alta—. ¿Y si Molly quiere que nos atrapen?

—Eso es aún peor —dice Rollo—. Es tu socia. Timmy, tienes que volver con tu madre.

No contesto enseguida.

— No —digo desafiante—. Porque da igual.

—¿De qué hablas?

—Solo saben que estoy en algún lugar de Chicago. En principio. Pero Chicago es una ciudad muy grande.

Oigo cómo Rollo empieza a hiperventilar.

—Respira, Rollo, respira —le digo—. Te asustas por nada.

—¿Que me asusto por nada? —protesta—. Timmy, ¡estáis metidos en un buen lío! ¡Tienes que volver con tu madre! Si vuelves ahora, puede que el lío no sea tan grande.

—No pienso volver —contesto—. Mañana culmina una larga, y añadiría que costosa, investigación. Un caso de primerísimo nivel. Un caso que TÚ me encargaste. Pero, si estás celoso de la publicidad que ganaré o de la fama que me envolverá, dilo ahora. Porque no pienso pedir perdón por ello.

—¡Timmy, cállate! —grita Rollo—. ¡No estoy celoso! ¡Pero sé que os van a atrapar!

Oigo el ruido de una zambullida.

—Gracias, Rollo, pero tengo que dejarte.

—¿Por qué?

—Creo que alguien se ha vuelto caer en la taza del váter.

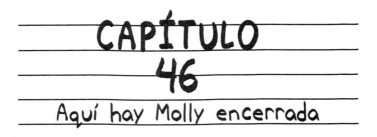

CAPÍTULO 46

Aquí hay Molly encerrada

Pero el ruido no era de Molly.

Era de Total.

Que está chapoteando y echando fuera toda el agua de la bañera.

—¿Se puede saber qué pasa ahora?

Me señala hacia una caja vacía de bombones.

—¿Que ya te has quedado sin? —digo—.
¡Pero si teníamos doce cajas!

Total arrastra su enorme brazo por la super-
ficie del agua de la bañera y crea una ola que se
estrella contra el suelo del cuarto de baño.

—¡Te estás pasando pero mucho! —le ad-
vierto—. ¿No lo ves?

—¿Qué tengo que ver? —pregunta Molly
cuando entra en el baño con un extraño atuendo.

—¿Y tú de qué narices vas vestida, Molly?
—pregunto.

—Es mi pijama de cebra —contesta.

—¡Pareces una presidiaria! —respondo—.
¿Acaso es una sugerencia subliminal de que
has reemprendido tus actividades delictivas?

—No creo —dice—. Es que es muy cómodo.
¿Dónde duermo?

Evalúo el momento «acostarse».

—A ver, hay dos camas. Yo pensaba compartir una de ellas con mi oso polar y darte la otra a ti.

—Pues muy bien —dice.

—Pero he cambiado de idea —continúo.

—¿Por qué? —pregunta.

—Porque el oso no merece una cama. Y tú podrías salir volando.

—¿Volando? Pero si soy una cebra, no un pájaro —replica.

—No, Molly Moskins, volando quiere decir «huyendo».

—¿Huyendo?

—Sí —contesto—. Porque tu vestimenta me ha despertado sentimientos contradictorios. Me ha recordado tu pasado delictivo. Y tu promesa de obedecer la ley podría no ser auténtica.

—¡Pero lo es! —dice—. Bueno, algún bombón puede que sí que robe de vez en cuando.

Se mete un puñado de bombones en la boca.

—¡Por Dios! —exclamo—. ¡Has vuelto a robar!

La empujo hacia el armario.

—¿Qué haces? —me pregunta.

—Meterte en el armario, Molly Moskins. No puedo arriesgarme.

—¿Arriesgarte a qué?

—A que te escapes durante la noche. O a que me hagas algo mientras duermo.

—Pero el armario no tiene llave —dice asomándose por la puerta entreabierta—. Podría escaparme y darte un beso en la nariz mientras duermes.

De repente me entran náuseas.

—¡Molly Moskins, prométeme que no lo harás! —grito empujándole la cabezota para volver a meterla en el armario.

—¡Yo no prometo nada —dice— hasta que no me des una almohada! —añade.

Cojo una almohada de la cama y la tiro dentro del armario.

—TODAS las almohadas —dice recurriendo ya a la extorsión delictiva.

—Molly Moskins, es inhumano dejar a un hombre sin almohadas.

—Como quieras —dice. Y empieza a hacer pucheros.

—¡AAARGH! —gruño mientras corro a coger las almohadas que faltan—. ¡Toma! —le digo lanzándolas una a una dentro del armario—. ¡Eres una amenaza social, Molly Moskins!

—Pero ahora soy una amenaza blandita —responde desde detrás de la puerta.

—Suerte tienes de que hoy sea mi noche de júbilo, Molly Moskins. De lo contrario, mi paciencia no sería tan generosa.

Pero hasta la paciencia más generosa tiene su límite.

Y de repente alguien lo pone a prueba.

Y no es una delincuente vestida de cebra.

Es un oso polar con cabeza de alce, que sale del cuarto de baño y amenaza con montar un alboroto en el vestíbulo del hotel si no le traen sus bombones.

—¡Más extorsión! —grito.

Pero este es demasiado grande para meterlo en el armario.

Así que me voy a buscar bombones.

CAPÍTULO 47

Ch-Ch-Ch-Changes

Salgo del hotel por la misma vía de escape que Molly y yo hemos utilizado para ir a cenar.

Me dirijo a la escalera trasera.

La bajo.

Salgo al pasaje.

Y de ahí al aire libre y relajado de las calles. Donde el viento frío me recuerda los cambios que se van a producir. Para mí. Para la agencia. Para mi reputación en general.

Me tienta la idea de hacerme con un listín telefónico y buscar el hotel de Corrina Corrina.

Y luego ir hasta allí, encontrar su habitación y hacerle saber que nadie puede escapar del largo brazo de la ley.

Sin embargo, una detención de noche generaría muy poca publicidad.

Y un detective siempre tiene que estar pendiente de la publicidad.

Así que esperaré hasta la mañana.

Pero, al buscar en los bolsillos dinero para pagar los bombones de Total, solo encuentro la tarjeta de crédito.

La que ya no puedo utilizar.

«Tendré que pedirle dinero a Molly Moskins —me digo a mí mismo—. Seguro que me extorsionará pidiéndome todas las mantas».

Así que vuelvo.

Recorro otra vez el pasaje.

Me acerco a la puerta azul.

Y me doy cuenta de que no tengo llave.

«Esto me pasa por salir corriendo de la habitación —pienso—. ¡La culpa es del tonto del oso y de la delincuente de Molly Moskins! Sus prácticas egoístas y extorsionadoras han hecho que olvide el dinero y la llave!».

Recorro otra vez el pasaje y doy la vuelta a la esquina hasta la entrada del hotel. Y entro por la puerta giratoria.

Y todo va bien.

Porque es tarde.

Y no hay portero.

Ni nadie en recepción.

Y estoy a salvo.

Y atravieso el amplio vestíbulo del Drakoniano y me dirijo a los ascensores.

Pasando por delante de la tienda de regalos.

Donde recuerdo una conversación.

La que he tenido antes con Molly.

Sobre la crema.

Que había comprado aquí.

Y pienso en cómo ha debido de pagarla.

Con una tarjeta de crédito.

—Timmy De Sastre —dice un policía—, tendrás que venir conmigo.

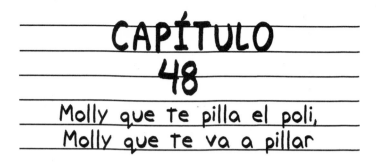

CAPÍTULO 48

Molly que te pilla el poli, Molly que te va a pillar

Una cosa sí que puedo decir de Molly Moskins.

Está claro que no quería que la atraparan.

Porque, al oír llegar al policía, ha dejado de ser una bueneante para ser una maleante. Ha salido corriendo de la habitación, ha cogido un carrito de limpieza y lo ha atravesado en el pasillo para impedir el avance de su perseguidor.

Y se ha marchado escaleras abajo.

Desencadenando una persecución policial por todo el centro de Chicago. Una persecución que ha pasado por nuestro restaurante elegante.

Y por la tienda de disfraces.

Hasta llegar a la gigantesca librería que tanto ha intrigado a Molly en nuestro paseo.

Donde Molly ha recorrido los pasillos arriba y abajo, vaciando estantes de libros de segunda mano al suelo para impedir que la siguieran.

Pasando por ANTROPOLOGÍA y ZOOLOGÍA.

Y BIOLOGÍA y FISIOLOGÍA.

Y ASTROLOGÍA y TECNOLOGÍA.

Sin necesidad de ninguna apología.

Hasta que se ha caído sonoramente.

En el pasillo de CRIMINOLOGÍA.

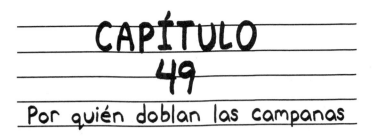

CAPÍTULO 49

Por quién doblan las campanas

Me ha caído un castigo de seis meses.

Sin agencia de detectives.

Sin salir de casa.

Y, por petición de sus padres, sin volver a entrar en contacto con Molly.

La única excepción es el colegio. Es el único sitio al que puedo ir. Y el único sitio al que no quiero ir.

SIGUE SIN GUSTARME ESTE SITIO →

Y, por si todo esto parece poco, el castigo original era aún más grave.

Hasta que me salvaron ciertos atenuantes.

«Atenuantes» es como los detectives llamamos a algo que te salva el trasero.

Y ese algo fue una nota que le entregaron a mi madre cuando todo el mundo me estaba buscando.

Y decía, sencillamente:

¡YO SÉ QUÉ HA DICHO EL PORTERO!

Y estaba firmada con una letra clara e inconfundible que yo ya distinguía muy bien:

Porque resulta que en mis aventuras a través del país quien tenía la cosa más importante por decir era el que menos hablaba.

Y la había estado gritando todo el tiempo.

Pero mi madre seguía sin entenderlo. Como todos los demás.

Hasta que el hermanito de Molly sacó algo que yo había estado buscando desde mi cena elegante con Molly en Chicago.

La nota del motel DS-Kansakí.

De la que tenía no solo el trozo que te he enseñado antes:

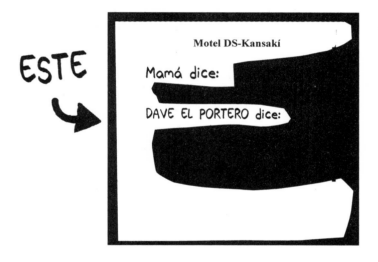

Sino también el trozo que recorté.

Que recogió junto al primero cuando los dos cayeron de mi cuaderno de detective.

Y que, pegados con un poco de celo, quedan así:

Y ahora ya lo sabes todo.

CAPÍTULO 50

Una lágrima no cayó en la arena

Mi madre vino corriendo en coche con Dave el Portero en cuanto la policía la avisó.

Al verme en la comisaría, me abrazó durante lo que pareció una eternidad. Y luego me gritó más rato aún.

Ya han pasado varias semanas y sigue sin hablarme.

Y, en cierto modo, me gusta más cuando me grita.

Por eso, cuando hoy sábado ha venido a decirme: «Vamos a dar una vuelta con el coche», yo ya sabía que había algo detrás.

Viajamos durante horas en silencio hasta que llegamos al mar.

Al salir del coche, mi madre me da la mano para cruzar una carretera y para descender por un barranco hasta la playa.

Nos sentamos en la orilla a mirar las olas espumadas.

Hasta que al final mi madre rompe el silencio.

—Es que no sabía cómo decírtelo —dice—. Y lo fastidié. Mucho.

Me mira.

—Y nunca me perdonaré por la forma en que lo has sabido. Nunca. Ya no puedo hacer nada, solo ser a partir de ahora lo más sincera que pueda contigo. Contártelo todo. Como debería haber hecho desde el principio.

Voy empujando la arena mojada con los pies hasta formar un pequeño muro entre las olas que se deshacen y yo.

—Lo siento muchísimo —añade.

Hago más compacto mi rompeolas.

—Timmy, ya imagino que no quieres hablar mucho, pero te agradecería que dijeras algo.

Alzo la vista de mi obra en construcción y digo algo.

—En la vida de esa señora todo iba bien hasta que su marido le clavó la horca a un tipo.

Mi madre se me queda mirando.

—¿Cómo? ¿Qué tipo? —pregunta—. Timmy, ¿de qué hablas?

Empujo más arena con los pies para ensanchar el rompeolas.

—Es un cuadro —le explico—. De Chicago. Sale una pareja. Creo que son granjeros.

ESTOS DOS →

—Vale —dice—. Pero ¿qué tiene que ver con nada de lo que estamos hablando?

Cojo arena mojada con las manos y la aglutino sobre el rompeolas.

—La mujer del cuadro tenía una vida maravillosa —contesto—. Hasta que decidió casarse con un granjero. Seguro que tuvieron una boda muy bonita con muchos perritos calientes y todo el mundo muy contento.

—¿Con perritos calientes? —pregunta mi madre.

—Creo que en la granja tenía cerdos —contesto—. No sé, soy detective, no crítico de arte. El caso es que ella pensaba que todo iría bien, pero no fue así. Porque el viejo compró una horca y, pim pam pum, todo se fue a pique.

—Timmy, primero de todo, Dave no es...

—Espera —continúo—. Por favor. Porque luego está aquel hombre viejo de verdad...

—No, espera tú —interrumpe—. ¿De quién hablamos ahora?

—De otro tipo. Que se llama Peter. Lo conocí en el hotel. Tiene un andador, es muy viejo y no sabe hacer windsurf.

—¿Y qué tiene que ver este ahora?

—Estaba en Chicago con su mujer. Llevan casados cien años. Y dice que el matrimonio es malo. Creo que deberías llamarlo antes de tomar una decisión precipitada.

—Bueno, Timmy, creo que...

—Y además... —la corto, y hago una pausa para darle énfasis—. Además está el padre de Molly. A este lo has visto en persona. ¿Te pareció divertido? ¿Te pareció el Rey de la Diversión? ¿Don Sonrisas? ¿Don Chispas?

—Timmy —dice mi madre—, lo he pillado.

—¿De verdad? —pregunto mientras pongo más arena a mi rompeolas.

—Sí —dice abriendo los brazos hacia mí.

—Entonces ¿te das cuenta de que estás a punto de estropearlo todo? —pregunto.

Tira de mí y me aprieta contra su pecho, justo cuando la marea supera el rompeolas que he construido.

—¿Y mi oso polar? —murmuro contra su hombro, con la voz ahogada en su jersey—. ¿Cómo se llevará con Dave? ¿Y qué me dices

de la agencia? Dave no sabe casi nada de eso. ¿Y de los horarios extraños de un detective? Tampoco sabe nada de eso.

—Chisss... —dice mi madre mientras me mece y la marea me moja los pies.

—¿Y si le empiezan a gustar los mapas? —añado—. ¿O las horcas? ¿O empieza a llevar sombreros raros? ¿Has visto eso que lleva el padre de Molly en la cabeza?

UNA AFRENTA AL BUEN GUSTO

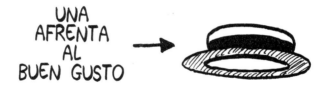

Una pequeña ola deshace mi rompeolas y trepa por la arena rodeando a mi madre.

—Estás sentada sobre el agua —mascullo.

—Timmy —dice colocando con suavidad mi cabeza en el rincón cálido que le queda entre la mandíbula y el hombro—. No sé lo que va a pasar. No lo sabemos ninguno de nosotros. Pero, sea lo que sea, aquí o en Chicago, siempre me tendrás. Y yo a ti.

—Y al oso —añado—. Sé que ha generado algunas facturas de hotel exageradas, pero...

—Sí, y también al oso —dice—. Y tienes razón, tenemos que hablar de esas facturas.

—Pues te deseo suerte —contesto—. Porque el oso polar no muestra ninguna disposición.

Nos levantamos y caminamos playa adentro, hasta la arena seca.

Donde el sonido de las olas se apaga.

—Entonces ¿no te casarás? —pregunto—. ¿Y no nos mudaremos a Chicago?

Mi madre se arrodilla para ponerse a mi altura.

—Sí. Casarme, me casaré —contesta.

Bajo la mirada.

—Pero lo del traslado no lo veo tan claro. Por ahora esperaremos a ver si a Dave le gusta su nuevo trabajo, antes de desarraigarnos los dos y mudarnos a una ciudad completamente nueva.

—Sabia decisión —respondo alzando otra vez la vista—. Chicago tiene hombres con horcas. Y alubias gigantes.

—Lo de las alubias no lo sabía —contesta—. Pero está bien así. Tenemos meses para decidir. Tampoco nos vamos a casar mañana. Mientras tanto, Dave puede ver qué tal es el nuevo trabajo.

—No le gustará nada —digo—. La gran ciudad es un lugar solitario lleno de autobuses y gente que se llama Emilio y niñas que huelen a uva. Lo sé por experiencia.

Me da de la mano y me lleva de vuelta al coche.

—Ya sé que lo sabes —dice mientras subo al coche—. Y, si vuelves a hacer algo como lo que hiciste, tendrás que preocuparte por algo mucho más grave que las niñas que huelen a uva.

—Era un olor bastante desagradable —contesto mientras mi madre se sienta al volante.

—Timmy —dice girándose y lanzándome por encima del asiento esa mirada glacial que llevo semanas viendo—, lo digo en serio.

—Lo sé —respondo.

Mientras mi madre conduce, yo miro hacia delante.

Y veo un bicho enorme que explota contra el parabrisas de nuestro coche.

—¡Bieen! —exclamo—. ¡Fuegos artificiales!

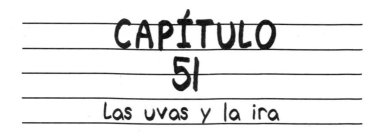

CAPÍTULO 51

Las uvas y la ira

Aunque sin comparación con los fuegos artificiales que saltan en la reunión de YIP YAP.

—¡No me cabe nada en el armario! —grita la pacifista Toody Tululu a los demás miembros de la junta.

Lo que desconcierta a todo el mundo.

—¡Es muy pequeño! ¡No me caben ni los zapatos ni las faldas! ¡No me caben ni las gomas de pelo! ¿Y qué hace mi madre? ¡Me compra una cómoda! ¡Una cómoda pequeñita! ¡Como si sirviera para algo! ¡Lo que quiero es otra habitación! ¡Quiero otra cómoda! ¡Y lo quiero ahora o empezaré a dar puñetazos a alguien!

—¡Orden, orden! —grita el vocal de orden Rollo Tookus—. Toody Tululu, ¡violencia, no, por favor! En esta reunión seguimos reglas parlamentarias.

—¡Ah, sí! —dice Toody—. ¿Quién secunda la moción de dar puñetazos a alguien?

—¡Secundo! —contesta el vicepresidente Nunzio Benedici mientras se va metiendo uvas por la nariz.

—Un momento, callad todo el mundo —pide Rollo—. Para empezar, ¿qué tiene que ver nada de esto con YIP YAP?

—¿Y qué más da eso? —contesta Toody Tululu—. Lo importante es que no tengo dónde guardar mis gomas para el pelo.

—¡Secundo! —repite Nunzio.

—Por eso he decidido fundar otra entidad benéfica destinada a recaudar fondos para renovar mi habitación —dice Toody—. Se llama «Transformación y Restauración de Alcoba Suministrando un Espacioso Ropero Original».

Pero cuando Toody nos enseña el cartel, las siglas que quedan no son muy afortunadas:

—¿Quién secunda la moción del nuevo grupo benéfico? —dice Toody.

—¡Secundo! —contesta Nunzio.

—¡No, no y no! —grita Rollo—. ¡No vamos a formar un grupo nuevo dedicado a remodelar el cuarto de Toody Tululu! ¡Si ni siquiera somos los suficientes para votar! Falta Molly.

—¿Dónde está Molly? —pregunta Nunzio.

—Sigue castigada, Nunzio —contesta Rollo—. Solo la dejan ir a clase.

Nunzio se mete otra uva por la nariz.

—Pero lo más importante —sigue diciendo Rollo— es saber qué pasa con YIP YAP. ¿Vamos a abandonar a Yergi Plimkin solo porque hemos perdido todo el dinero?

—¡Ah, sí! —dice Toody—. Tenía que contaros algo sobre lo de la tesorería y tal.

—¿Qué es? —pregunta Rollo.

Toody se aclara la voz antes de contestar.

—Ya sé lo que pasó con el dinero.

CAPÍTULO 52

La pista está en el conejo

—¡Ya sé lo que pasó con el dinero! —grito mientras abro con osadía y de una patada la puerta de la sala de reuniones de YIP YAP.

—¿Qué haces, Timmy? —interpela Rollo—. ¡Es una reunión privada!

—¡Sí! ¡Es privada! —repite Nunzio.

—Incorrecto —le digo a Nunzio—. Esta sala está en el recinto escolar. Además, vuestro vocal de orden me contrató como asesor.

Todo el mundo mira a Rollo.

—Bueno... —dice Rollo—. Es que yo, er...

Ignorándolos, atravieso la sala con mi bufanda roja ondeando noblemente tras de mí.

Y me subo encima del atril.

—Pero ¿qué haces? —exclama Toody.

—¡Atención! —grito a la atónita multitud—. Estáis a punto de ser testigos de la grandeza.

Nunzio deja de meterse uvas por la nariz.

—¡Perfidina os ha desplumado a fondo! —grito por el megáfono.

—¿Quién? —pregunta Nunzio.

—La Malvada —contesto—. También conocida como Perfidina, Aquella Cuyo Nombre No Se Puede Decir, la Bestia Negra, el Centro del Mal en el Universo, la Criatura del Inframundo, el Demonio, la Cruel Aficionada a Los Zarpazos Ominosos y Nunca Amables, la Dama de las Tinieblas, la Damisela de la Oscuridad, la Señora de la Malevolencia.

—Corrina Corrina —añade Rollo.

—Ah —responde Nunzio.

—No entiendo nada de lo que habláis —dice Toody.

—Por eso he venido a explicarlo —respondo audaz.

—¿Tienes que usar el megáfono? —pregunta Rollo—. Solo somos cuatro.

Dejo el megáfono, seguro de mi potencia vocal.

—Mira, Rollo Tookus, si te hubieras preocupado menos de los megáfonos y más de a quién dejas entrar a las reuniones de esta organización benéfica, a lo mejor no habría pasado lo que pasó.

—¿Ein? —farfulla Toody.

—¡Corrina Corrina se infiltró en vuestra organización! —revelo—. Y, una vez dentro de este sagrado espacio, se enteró de la enorme suma de dinero que guardabais en tesorería.

—¿Y? —interrumpe Nunzio.

—Pues que el día antes de salir con rumbo a Chicago, se hizo con dichos fondos.

—¡Corrina fue a Cayo Largo, no a Chicago! —dice Rollo—. Ya te lo dije. El tipo de tu hotel lo apuntó mal.

—Pero ¿qué diferencia hay? —pregunto.

—Una diferencia de unos dos mil cuatrocientos kilómetros —dice Rollo.

—¡Escuchadme! —grito—. Tanta genialidad ante vosotros no la volveréis a tener nunca.

—¡Dios! —exclama Rollo.

—Pero Perfidina se asustó —anuncio con dramatismo—. Como les pasa siempre a los ladrones vacilantes. Porque sabía que, con todo ese dinero, la pillarían al cruzar la frontera estatal. De manera que pasó el botín a otro.

—¿A quién? —pregunta Nunzio.

—Como si no lo supieras —contesto.

—No lo sé.

—¡Pues a ti! —declaro mirándolo fijamente.

—¿A mí? —pregunta Nunzio—. ¿Por qué a mí?

—Porque, Nunzio Benedici, como me dijo un día hace tiempo Rollo Tookus, «hizo un conejo de chocolate».

—¡Dios! —vuelve a implorar Rollo—. ¡A mí no me metas!

—¿Conejo? —interrumpe Toody Tululu—. ¿Qué conejo?

—El de chocolate —explico—. Y te preguntarás: ¿para qué quería Nunzio un conejo de chocolate? ¡Porque los conejos de chocolate están huecos! ¡El escondite perfecto para el dinero robado!

—Soy intolerante a la lactosa —dice Nunzio.

—Exactamente —contesto, aún subido al atril de YIP YAP—. Por eso machacaste al pobre conejo de chocolate con un martillo y le diste el dinero a alguien en quien creías que podías confiar.

—¿A quién? —pregunta Nunzio.

Recorro la sala con la vista hasta depositar mis ojos en el niño redondo.

—¿Yoo? —chilla Rollo Tookus—. ¡Ay, Dios mío! ¡Ha perdido la chaveta!

—Sí, miembros del YIP YAP, el hombre al que tan alegremente nombrasteis vocal de orden tiene un largo historial de actividad delictiva. ¿Debo recordaros quién se llevó el proyecto Milagro del armario del señor Jenkins?

—¡Fue un accidente! —grita el niño redondo poniéndose en pie.

—¡Cállate la boca! —le digo a Rollo—. O volveré a sacar el megáfono.

—Hace daño a las orejas —dice Nunzio.

—Pues si eso hace daño a las orejas, esperad a oír lo que falta —digo a la multitud embelesada.

—¿Qué es lo que falta? —pregunta Nunzio.

—¡Que a Rollo Tookus le cogió miedo! ¡Como les pasa siempre a los bobos como él! Por eso le pasó los bienes robados a la delincuente más famosa de nuestra generación.

—Y ahora ¿de quién estamos hablando? —pregunta Toody Tululu.

—¡De MOLLY MOSKINS! —grito—. Una mujer cuya carrera criminal es tan larga que hasta al gran Timmy De Sastre le costó desentrañar todo su alcance.

(Nota del autor: En realidad a mí no hay nada que me cueste, pero a veces me gusta ser un poco humilde.)

—Me duele la cabeza —dice Nunzio.

—No entiendo nada —añade Toody.

—Pues entiéndelo —afirmo con aplomo—. Porque ahora viene cuando lo explico todo.

—¡Dios! —exclama Rollo—. ¿Hay más?

—Sí. Molly Moskins, intrépida y astuta, huyó del estado y se dirigió a Chicago, la cuna de las horcas y las alubias gigantes. Y, por el camino, se detuvo en el motel DS-Kansakí.

Salto del atril a la mesa y la recorro solemnemente para reforzar el efecto.

—¿Y en el motel qué pasó? —pregunta Nunzio interesado.

—Una vez allí, la malvada Molly Moskins se doblegó ante mi implacable interrogatorio —contesto—. Confesó el delito y me dio todo el dinero robado.

—¿O sea que lo tienes TÚ? —dice Nunzio.

—No —contesto mientras ando de un lado

a otro de la mesa como un fiscal en un juicio—. Porque me lo he gastado. En dietas de viaje. Soy muy generoso con las propinas.

—¿Y eso qué significa? —pregunta Nunzio.

De pronto dejo de caminar y me giro teatralmente hacia ellos.

—Que el ladrón soy yo —confieso.

—¡Dios! —masculla Rollo—. Me rindo.

—¡Qué tontería! —grita Toody Tululu.

—Me voy a casa —dice Nunzio.

—Oye, Timmy De Sastre —dice Toody—. Como estaba a punto de explicar a todos antes de que reventaras la reunión, no hubo ningún robo.

—¿Ningún robo? —pregunta Rollo.

—Ahora sí que me quedo —dice Nunzio.

—Detenedme —digo en voz baja y calmada, llevando las manos a mi espalda—. Porque el bueno se ha vuelto malo.

—Estaba haciendo la contabilidad de YIP YAP —sigue explicando Toody—, intentando calcular los fondos de tesorería, y me dejé una coma.

—¿Te dejaste qué? —pregunta Rollo.

—La coma decimal. Escribí que teníamos doce centavos. Pero metí la pata. Si no hubiera olvidado mover la coma tres posiciones hacia la derecha, veríais que en realidad teníamos ciento veinte dólares, la cifra correcta.

Veinte
centavos → 0,12 $

Si arrastramos la coma
tres posiciones hacia
la derecha... ¡TACHÁN!

120,00 $
(ciento veinte dólares)

—O sea que ¿tenemos el dinero? —dice Rollo—. ¿Fue todo un error de mates?

—Sí —dice Toody sonriendo—. Siento todo el jaleo.

—¡Estamos salvados! —grita Nunzio.

Yo sigo de pie sobre la mesa, con la cabeza agachada y las manos a la espalda.

Toody y Nunzio se van. Rollo los sigue, pero se para en la puerta.

—Tengo que apagar la luz, Timmy. Será mejor que bajes antes de la mesa.

Sin miedo a nada, no me muevo, preparado para mi detención.

Rollo apaga la luz y cierra la puerta detrás de él.

—Ha oscurecido —comento.

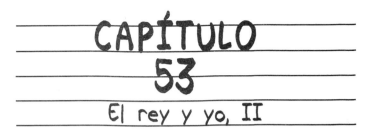

CAPÍTULO 53

El rey y yo, II

—Con mi detención inminente, no tengo más remedio que volver a contratarte —anuncio.

Eso no le gusta al oso.

—No me queda otra —le explico—. Mi estancia en la cárcel podría ser larga. Estaré alejado de amigos y socios por igual. Y alguien tiene que llevar la agencia de detectives.

Pero está demasiado cansado para discutir.

Porque, desde que se escapó del Drakoniano y volvió a casa viajando en vagones de tren vacíos, ha estado trabajando para mi madre.

Sobre todo fregando platos.

Para poder pagar las exorbitantes facturas de hotel que acumuló cuando era Su Majestad de Chicago.

Pero Total también sabe que volver a contratarlo marca el principio de una nueva etapa.

Concretamente, de la etapa sin bombones gratis.

Porque, si bien había una disposición en el contrato que especificaba lo que le tenía que dar si lo despedía, no había ninguna para el caso de que lo contratara.

—Total, sé fuerte —le digo dándole una palmadita en la espalda mientras limpia otro plato.

Pero sé que tanto hacer de machaca le ha tenido que doler.

Por eso cuando acaba de fregar los platos de la cena, le doy algo que he conservado desde que fuimos a Chicago.

Y por primera vez desde que volvimos a casa, Total es feliz.

CAPÍTULO 54

Asignatura pendiente

Me escurro tras las desgastadas paredes de estuco del edificio de apartamentos y me agazapo junto a los cubos de basura.

Allí me quedo, bañado por la luz de neón barata de la ciudad e impregnado por el olor de fruta podrida que emana de una pila de cartones mojados.

Porque así de dura es la vida del detective. Pero es la que yo he escogido. Si lo que quieres es un mundo de glamur, busca en otra parte, chaval.

Así que espero pacientemente, ensordecido por el sonido de las bocinas de los taxis y los motores de los coches tuneados. La sinfonía del asfalto callejero.

Se acerca la hora. Miro el reloj. Cada tictac es un eco de los latidos del frío corazón de este detective.

Consciente del riesgo. Pero mirándole directamente a la cara.

Y cuando oigo acercarse el taconeo sobre el cemento roto de la acera, sé que el peligro ya está aquí.

Vestido de rosa.

—¡Hola, Timmy De Sastre! —saluda alegremente Molly Moskins.

—No grites tanto, Molly —contesto—. ¡Nadie sabe que estoy aquí!

—¡Ni yo! —dice—. ¡Estoy castigada! Igual que tú.

—El mundo está zumbado —le recuerdo.

—¡Lo sé! —contesta.

Estamos en el aparcamiento trasero del motel DS-Kansakí.

Bueno, no aquel motel DS-Kansakí.

Aquel quedaba demasiado lejos.

Pero es una cadena. Y este no está lejos de casa.

—¿Te has enterado de que Yergi Plimkin ya ha recibido los libros? —pregunta Molly.

—No lo sabía —contesto.

—Sí, y muchos. Pero como no estaban en su idioma, los utiliza para montarse a la llama.

—Me alegro —le digo a Molly Moskins—. Pero no te he pedido que vengas para hablar de llamas.

—Pues ¿por qué me has pedido que venga? —pregunta Molly.

No respondo, aunque sí sé el motivo.

Es porque los detectives somos hombres duros, pero decentes.

Por eso, tras comprobar que no hay moros en la costa, le doy al PLAY de mi reproductor de música portátil.

Y, al ritmo de una guitarra flamenca, hago feliz a alguien.

Y todo mientras el hombre del DS-Kansakí me sonríe.

Y me perdona debidamente.

Porque el malo se ha vuelto bueno.